An Sgàineadh

Tormod Calum Dòmhnallach

acair

Thug Comhairle Roinn na Gàidhealtachd taic do na foillsichearan
le cosgaisean sgrìobhaidh agus foillseachaidh an leabhair seo.

Air fhoillseachadh ann an 1993 le Acair Earranta,
7 Sràid Sheumais, Steòrnabhagh, Leòdhas

Chaidh an leabhar seo a bharantachadh le Comhairle nan Leabhraichean,
agus chuidich a' Chomhairle sin am foillsichear le cosgaisean
an leabhair.

Deilbhte agus dèanta le Acair Earranta

Clò-bhuailte le Gasaet Steòrnabhaigh

ISBN 086152 997 9

Clàr-innse

EARRANN 1

Na dìochuimhnich an t-àite tha seo.

Sin a thuirt m' athair rium nuair a dh'fhàg mi. Bha sinn nar seasamh aig a' gheat'.

Na dìochuimhnich an t-àite tha seo.

Phòg e mi, rud nach do rinn e riamh roimhe, nam chuimhne-sa, ach a-mhàin an latha a thiodhlaiceadh mo phiuthar bheag, ged a tha fios is cinnt gun phòg e mi nam naoidhean. Bha mo mhàthair a-staigh, is mi air beannachd a leigeil leatha mu thràth.

Dh'fhalbh an càr leam agus an ceann beagan làithean chaidh mi air bòrd na soithich agus sheòl sinn.

Bha aon duine eile air bòrd bhon Ghàidhealtachd, a thuilleadh air balaich às na h-eileanan anns a' chriutha.

Theirig sìos agus faic iad.

Cha bu dùraig dhomh. Chunna mi an tè Ghaidhealach uair is uair ge-ta. Bhiodh ise na laighe shuas air a' bhoat-deic còmhla ris an tè a bu bhrèagha a bh' air bòrd. Cha bu dùraig dhomh a dhol far an robh iad. Ach aon latha, is mi air a bhith ag òl ann am port, chaidh mi suas agus chuir mi mo ghàirdean timcheall air an tè bhrèagha. Ghàir ise. Tha cinnt agam air a seo, oir chunna mi an dealbh a ghabh an tèile. Ron seo dh'iomair mi am bum-boat a-mach chun na soithich — aig sealbh a tha brath carson, mur e an t-uisge-beatha.

Thachair rud eile agus an t-soitheach na laighe a-mach bho phort eile. An dèidh dhomh a bhith fad latha air tìr, a-staigh ann am bàr beag far an robh leann gu math saor, ghabh mi garaidh sìos chun a' chidhe. Chuir an duine caol, dubh a bha gam shlaodadh truas orm agus thug mi air fhèin suidhe anns a' gharaidh. Chaidh mi fhìn eadar na dromaichean. Ruith mi leis a' gharaidh tro na sràidean gus an do ràinig mi an cidhe. Bha daoine ri feitheamh eathraichean chun na stiomair, agus thòisich iad ri bualadh am boisean. Phàigh mi dràibhear a' gharaidh. Le innse na fìrinn, cha b' e truas a bh' agam ris ach gu robh mi airson feuchainn an t-inneal dhomh fhìn. Bha eich gu leòr sa bhaile againn nuair a bha mise nam bhalach.

Ràinig sinn taobh eile an t-saoghail agus chaidh sinn air tìr. Thug cuideigin dhomh fios air a' chidhe gu robh boireannach air choreigin nam choinneamh. Ban-Ghàidheal a bha air fios fhaighinn à badeigin gu robh fear a bhuineadh dhi a' ruighinn an latha sin. Cha deach mi ga sireadh idir. Cha bu dùraig dhomh. Thug iad a-mach chun a' champ sinn agus fhuair sinn sub. Chaidh càch a chur air a' bhàta chun an eilein eile an oidhche sin fhèin, ach chaidh mise fhàgail air deireadh. Bha fear airson m' fhaicinn — Gàidheal. Fear mòr le aodann dearg, gu math na bu shine na mise. 'S e esan a bha a' gleidheadh a' gheat' a-steach chun a' champ agus bha rùm beag aige air cùl na h-oifis. Bha an cianalas air — tuigidh mi sin an-diugh, ach cha b' e sin mo bheachd aig an àm idir. Bha botail leann de dh'iomadh seòrsa ann an drathair fon bhunc aige. Stuth a bha e a' toirt bho na balaich, oir chan fhaodadh iad deoch a thoirt dhan champ idir. Dh'òl sinn fear no dhà agus dh'fhalbh mise an uair sin. Cha robh eòlas sam bith agam air na ceàrnaidhean aigesan. O Thìr-Mòr a bha e.

Chuir sinn seachad mìos meadhan a' gheamhraidh — an t-Og-mhìos — aig drileadh. Bha am biadh math dha-rìribh, ach bha leann anns a' chaintion cho searbh 's a dh'fheuch mi a-riamh. Cha do thuig mi idir carson a bha leann a' bhaile ud cho searbh, baile a chaidh a chuir air chois le Sasannaich. Air an làimh eile, is dòcha gur e sin as coireach. Is ann às a' bhaile sin a bha an dà nighean a chuir às do mhàthair na dàrna tè le ulpag mhòr de chloich. Bha a' chlann-nighean airson a dhol gu Holywood far an dèanadh iad fortan, agus bha màthair na dàrna tè nan aghaidh. Chuir iad às dhi aon latha is iad a' coiseachd le chèile ann am pàirc. Nach eil daoine a' bàsachadh a h-uile latha, agus carson nach bàsaicheadh ise? Bhathas ag ràdh gu robh gaol mòr na feòla eadar an dà nighean ach cha robh mise ga chreids.

Chaidh mo chur tuath air ais gu camp eile. Old man's home! thuirt cuideigin. Cha robh e dona, cha robh an obair trom, bha clann-nighean — geal agus donn — ag obair còmhla rium, agus bha lagar làidir ri fhaotainn.

Thàinig fòn aon latha bho shoitheach a bha na laighe shìos aig a' chidhe. Fear a bhuineadh dhan bhaile againn fhìn, aig muir fad a bheatha. Chaidh mi air bòrd agus sìos dhan a' chèaban aige. Gu sealladh sealbh orm, nach robh an drathair anns a' bhunc aige làn de bhotail leann de dh'iomadh seòrsa, stuth a bha e a' toirt bho na h-òganaich anns a' chriutha a bha 'g ionnsachadh a bhith nan oifigearan. Duine treun a bh' ann — nan cluinneadh tu e a' mionnan ri na docairean, agus iadsan a' gabhail air an socair. Cabhaig air dhachaigh a bhuain a' choirc': Is iomadh boinne sàil a dh'fhàisg mi às mo stocainnean.

Is ann an siud a dh'ith mi stèic airson a' chiad uair. Dà ugh ròst oirre mar sùilean agus càrn mòr chips. Bhiodh iad a' cur air fear às a' bhaile againn gun do dh'òrdaich e lion chops.

Is tric a thèid na fuaimreagan tarsainn air duine ged nach biodh e ag òl idir.

Chan fhaighte ach leann anns a' champ. O, bha uisge-beath' gu leòr ann, ach bha e air a ghleidheadh aig na h-oifigearan. Cha robh mise nam oifigear agus fìor dhroch theans gum bitheadh. Mar sin, cha robh agam ri òl ach leann. Ri lìonadh do bhroinn leis na bha siud a h-uile feasgar. Bha a bhuil — ri fuireach ann a hutaichean fiodha fuar, fhliuch mi an leabaidh. Bha e gu math tàmailteach aig an àm, ach b' fheàirrde mise e aig a' cheann thall, mar a chluinneas sibh, ma chuimhnicheas mi innse.

'S e obair gun fheum a bh' agamsa: a' dèanamh suas pàigheadh dhaoine agus an uair sin, gach cola-deug, a' cur a-mach notaichean brèagha ùra gu gach fear is tè a thigeadh suas chun a' bhùird far an robh mi nam shuidhe ri taobh oifigear a bha a' cumail sùil gheur orm. Pasganan beaga cruaidh de notaichean ruadha, ùr bhon a' bhanca. Tha cuimhne agam fhathast air an fhàileadh a bha bhuapa, fàileadh an airgid. Bhiodh mi fhìn agus an t-oifigear ri siubhal chun a' bhanca ann an càr spaideil, tràth sa mhadainn air latha pàighidh, le poca mòr leathair airson gleidheadh an airgid. An t-oifigear le gunna làimhe air a cheangal mu mheadhan. Bha mise nam shuidhe còmhla ris an dràibhear agus an t-oifigear an cùl a' chàr. Cha do chuir duine dragh oirnn a-riamh ach bha toll peileir sa bhalla sa bhanc air cùl na tè mhòir a bha toirt dhuinn an airgid. Cha do lìon iad a-steach a-riamh e, agus bha e ann nuair a thill i às dèidh faighinn seachad air a' bhristeadh-inntinn. Bha mi tuigsinn gun do rug na poilis air na mèirlich, ach chan eil dearbhadh sam bith agam a bheil seo fìor no nach eil.

Dh'fhàs mi sgileil aig toirt seachad nan notaichean cruaidh ruadha, le bhith a' fliuchadh mo chorraig na mo bheul son an togail deas às a' chnap. Bhiodh mo bhilean dearg aig deireadh gnothaich is cha robh mi gann, mas math mo chuimhne, a-riamh. Blas an airgid na mo bheul. Bha agam aig aon àm a bhith ag èigheach a-mach ainm gach fir agus tè a bha nan seasamh a' feitheamh rim pàigheadh. Aon latha às dèidh dhomh trì cheud ainm a ghlaodh, thionndaidh an t-oifigear rium agus thuirt e, You've got me foxed. I simply cannot decide whether you are Welsh or Irish.

Bhiodh sinn a' dol a h-uile Disathairne a dh'òl gu taigh-òsda a-muigh air an tuath. Bhiodh na fir nan seasamh sa phublic agus a' chlann-nighean nan suidhe an ath dhoras. Cha bu dùraig dhòmhsa a dhol a-steach còmhla riuthasan ach corr uair. Aon latha, 's sinn air steall math òl, bha sinn a' dibhearsain sa phublic am measg a chèile, le droch cainnt is mar sin. Chaidh mise a-mach chun an taigh-bhig agus air an rathad air ais, thachair mi ri duine mòr eireachdail donn. Gun chuimhne agam nach robh esan air a bhith còmhla rinn idir nuair a bha sinn ri dibhearsain leis an droch cainnt, thuirt mi ris rud a bha air toirt gàire orrasan a bha a-staigh. Leum na sùilean dubha aige na cheann agus thug e dhomh sgleog cho brèagha 's a chunna tu a-riamh mun a' charbad. Siud mise gu talamh, agus cho luath 's a thàinig mi timcheall, abair thusa gun do shòbraig mise. Thàinig càch agus rinn iad sìth, agus bu mhath sin, oir bha e air mo mhurt, 's gun nì sam bith agamsa an aghaidh an duine chòir a bheireadh orm seasamh ris. Cha robh a leithid seo air tachairt tric dhomh — 's ann a chaidh mise ri mo sheanair, athair mo mhàthar, duine maoth. An teas a bha san àite ud, dh'fheumadh tu leann gu leòr airson am fallas a chur air ais.

Rud eile air an d'fhuair mi eòlas thall san àite ud, agus 's e sin tagsaidhean. Tha iad sa h-uile àite an-diugh, ach nuair a bha mise òg cha bhiodh hire aig duine ach aig àm falbh a-mach dhan t-saoghal mhòr. Ann an siud, bhiodh fear agad son a dhol a-mach dhan a' phub. Agus bhiodh fear agad a-rithist son tilleadh dhan champ, do bhroinn làn lagar.

Air feasgar brèagha Disathairne, dhìrich mi fhìn 's fear eile do thagsaidh aig doras a' phub. An dithis a bha còmhla rinn, leum iadsan air motar-baidhc agus rinn iad às romhainn, le ràn cruaidh is frasadh greabhail. Ghabh an tagsaidh às an dèidh. Chitheadh sinn iad aig biadh sa champ, biadh math oidhche Shathairne, acras an leann air na balaich. Stèic! Thàinig an tagsaidh mu lùib: balaich a' bhaidhc nan sìneadh ris an rathaid, fear ac' gun ghluasad, am fear eile 's fuil a chuirp a' dòrtadh às a shròin, slige a chlaiginn air a sgàineadh. Chì mi fhathast an lèine gheal a bh' air.

Nach do theab mi mo bhàthadh aon Latha Sàbaid agus grunn againn air a dhol a shnàmh. Nan robh mise air a bhith cho eòlach air na cladaichean ud 's a bha mi air cladaichean a' bhaile againn fhìn, bha a h-uile nì air a bhith ceart gu leòr. Ach cha do mhothaich mi fiù gu robh am muir a' tràghadh 's mi ag òl à botal fìon milis blàth. Mach leis an uair sin air raft, ach thàinig èigheach thugainn agus chunna sinn gàirdean agus ceann fir air ar taobh a-muigh is an sruth a' falbh leis. Theann iadsan a bha am broinn an raft ri 'g iomradh thuige son a thogail ach bha an dithis againn a bha nar slaod ris an raft ri cur maill orra. Thuirt mise ris an fhear a bha còmhla rium gum b' fheàrr dhuinne feuchainn air tìr air an t-snàmh gus teans a thoirt dhan raft. Rinn sinn sin agus bha sinn a' dol an ìre mhath son greis, oir bha an sruth an siud ri gabhail lùib timcheall air gob gainmhich. Ach thòisich esan ri fàs sgìth agus thàinig eagal air, theann e a' plumadaich is a' ràdh nach dèanadh e tìr dheth idir. Can't make it, Mac! Shòbraig mise, le uallach orm a-nis son duine eile, eagal mo bheath' gun deigheadh e 'n sàs annam. Bha seo mòran na bu mhiosa na bhith a' sealltainn a-mach air mo shon fhìn. Thionndaidh mi agus chuir mi mo làmh fo smiogaid — Come on, come on, balach glè òg, siuthad, a dhuine. Rinn e oidhirp a-rithist air snàmh agus an ceann greis ghrunnaich sinn. Cha chuala mi riamh an deach an duine a chaidh an raft às a dhèidh a shàbhaladh, ach 's iongantach mura deach.

Mus tèid mi nas fhaide, bu chòir dhomh facal a ràdh air an iasg a bha anns an àite. O, abair gu robh ainmean annasach air: snapper is terekihi is bonito is crayfish is bric uimhir ri truisg. Ach feumar a ràdh, agus tha mise a' dol ga ràdh an-dràsda — is gann a b' fhiach dhut a chur na do bheul. Carson? Son nach robh blas idir air, sin agad carson. Uill, bha seòrsa de bhlas air gun teagamh — nach eil blas air a h-uile càil — ach chan e am blas làidir milis air an robh sinne eòlach. Innsidh am beul dhut!

Ged nach robh an t-iasg idir cho blasd' ris an iasg air a bheil sinne eòlach, bha biadh gu leòr eile ann, agus cha robh càil a dhìth oirnn anns an dòigh sin. Thàinig orm fhìn cur seachad a' chiad Nollaig agus Bliadhn' Ur ag obair sa chidsin an àite a dhol air làithean-saora mar a chaidh càch.

Thachair seo tro amadan am measg nam balach a' leum ormsa agus sinn ag òl còmhla ri clann-nighean shìos air a' chladach aon oidhche. Tha agam ri ràdh gur e sloinneadh gu math Gàidhealach a bh' air. Nach tug fear dhe na balaich dhonn a bha còmhla riumsa dha liodraigeadh cho mòr 's gun do ruith e, nuair a thàinig e thuige fhèin, a dh'innse dha na poilis a bha a' gabhail gnothaich rinn. Ach co-dhiù, chaidh ar glacadh tràth air a' mhadainn sin fhèin agus deoch againn sa champ. Ghlas iad sinn son greis anns na cells, agus thug am Bodach dhuinn 14 days CB an uair sin. Cha robh càil a b' fheàrr na mise a shadadh dhan a' chidsin, oir cò am measg nan oifigear a bha gu bhith air a bhleadraigeadh le full pack at 0600 aig àm na Nollaig? Feumaidh mi aideachadh gun do chòrd an gnothaich rium. Dè tha cho tlachmhor ri bhith a' deasachadh biadh math agus ga thoirt seachad do dhaoine acrach? Chan e gun do rinn mise mòran còcaireachd, ach bha obair gu leòr eile ann. Bha mi duilich an uair a thàinig orm tilleadh air ais a dh'oifis an airgid.

Chaidh mo thaghadh airson cluiche futbol, agus an dèidh dhuinn dèanamh a' chùis air àireamh no dhà, thàinig oirnn a dhol astar mòr tro na beanntan gu taobh eile na rìoghachd, air an rathad a chaidh a chur a-mach aig toiseach na linn do charbadan-eich. Bha a bhuil: bha taighean-seinnse ri nochdadh ro thric air ar son-ne, a bha air astar carbad-ola a-nis. Chan fhaca mi càil a-riamh na mo bheatha cho coltach ris a' Wild West. Dol a-mach gu doras cùil an taigh-sheinnse às dèidh dhramaichean agus a' losgadh le gunna fada air rud sam bith a bha anns an t-sealladh a b' fhiach losgadh air. Bha a h-uile soighne a bha ris an rathad làn tollan nam peilear. Mura faic sinn fiadh, nach fheuch sinn air an rud shoilleir ud shìos ris an rathad? Ach 's e an rud a b' fheàrr dhem thuras a chòrd riumsa mi bhith nam shuidhe fo chraobh mhòr le cnothan, gam bristeadh 's gan cagnadh ann am fasgadh a' chruinn air an do dh'fhàs iad. Cha robh mise air cnò-balla fhaicinn a-riamh, ach am broinn teoclaid a-mhàin. Ràinig sinn am baile ud thall, ach chan eil cuimhn' 'am cò rinn a' chùis. Ach is math mo chuimhne air fear dhe na taighean-seinnse air an rathad dhachaigh, air a thogail ri creag, man taigh anns na Hearadh. Bha e cho fad' air ais 's gur e coinneal a bh' air a' bhàr airson solas. Ann am faileas na coinnle nad sheasamh cho sòlamaichte led ghlainne leann, an còmhradh cho socair.

Is dòcha nach robh maraiche a' bhail' againne ri trod gun adhbhar ris na docairean. Co-dhiù no co-dheth, nach tàinig iadsan a-mach air stailc cho luath 's a bha làithean-saora na Nollaig seachad, an teis-meadhan an t-samhraidh. Closaich chaorach is cnapan càis, bucais làn ime air an càrnadh anns na taighean fuara air na cidheachan. Soithichean mòra an t-saoghail a-muigh ri feitheamh falamh aig cidhe agus air acair. Gun duine ann a-nis a lìonadh iad. Chaidh na docairean air caismeachd tro na sràidean, na brataich dhearg aca a' slaodadh ris na pòlaichean, oir cha robh deò air a' ghaoith. Chaidh sinne a chur ann an làraidhean, gunna fada aig gach fear, agus an oidhche sin fhèin bha sinn a' cur an sàs seann leapannan iarainn ann a hutaichean breòthte, làn dust, a bha uaireigin air fasgadh a thoirt do dh'fheadhainn a chaidh a chur gu ruige an Tuirc — balaich Ghallipoli.

Thuirt docair rium ann am bàr a-rithist: You should be breaking every damned thing in the holds, is e a' toirt dhomh glainne leann. Tha e iongantach mun do thachair sin. Is ann an sàs air deic a bha mise, ach tha cuimhn' agam air a bhith ag òl Three Star Brandy a-mach à mess-tin. Chaidh mi às mo rian mionaid no dhà am feasgar sin, agus chuir mi eagal air mo chompanaich, ach chan eil càil a bheachd agam an-diugh carson. Fuirich, tha e a' tighinn thugam an-dràsd' — thàinig an t-oifigear agam sìos chun na soithich le airgead pàighidh agus cha robh càil aige dhòmhsa. Chaith mi am mess-tin ris a' bhulkhead agus cha ghabhadh e dùnadh tuilleadh.

Thàinig an stailc gu crìch dhòmhsa goirid an dèidh dhaibh diùltadh pàigheadh dhomh. Thuirt iad nach robh còir agam a bhith ann, agus gu feumainn tilleadh dhan a' champ, gu robh e mòran na bu phrothaidich mise a bhith 'n sàs anns an obair air an robh mi eòlach, a' cunntadh airgead dhaoin' eile, na bhith a' caitheamh mo thìde air bòrd soithich. Is mise a-nise air faighinn eòlas air balaich anns a' chriutha aig an robh Gàidhlig.

Bha agam ri fear dhe na balaich againn fhìn a bh' ac' ann an grèim airson bualadh fear eile a thoirt leam air ais dhan champ. Thàinig iad thugam leis, fear mòr tapaidh, na sùilean aige letheach eadar fearg is eagal, You'll have to sign for him, is rinn mi sin. RECEIVED THE LIVE BODY OF, agus chaidh sinn air bòrd plèana beag. Shuidh mi eadar e agus doras a' phlèana nuair a chaidh sinn air iteal, le eagal gu feuchadh e ri leum a-mach, ach cha chreid mi gu robh càil a dhùil aige.

Bha fear nam measg, duine bho na h-eileanan mu thuath, duine donn, Comannach mòr, gun fhios ciamar a thàinig a leithid a bhith am measg na bha riaghladh agus e airson cur às dhaibh.

Chunna mi e falbh le bratach mhòr dhearg agus na poileasmain a' ruith suas agus sìos na sreathan a bha marcachd às a dhèidh.

Bha an riaghaltas airson cur às dhan aonadh a bh' aig na docairean.

Chanadh gu leòr gu robh an t-aonadh seo ri cur bacadh air an obair chudromach a bha ri dèanamh le marsantachd na rìoghachd a-mach 's a-steach tro na puirt.

Chanadh seòladairean nan soithichean mòra, nam measg gu leòr dhe na balaich Ghàidhealach agus iad seachd sgìth a' cur seachad mìosan a' feitheamh ris na carguthan càise, ime agus closaichean chaorach a bh' air an gearradh nan dà leth, na casan deiridh stopte a-staigh dhan bhroilleach.

Bha mi fhìn air taobh nan docairean — bhithinn ag òl còmhla riutha co-dhiù.

Bha mise a-nis air ais aig a' champ agus 's mi bha duilich. Chunna mi dealbh a' Chomannaich dhuinn sa phàipear an latha a chuir iad dhan phrìosan e.

Chuala mi a-rithist gu robh flaga mhòr dhearg aig mo shinnsearachd an latha a chrom iad sìos gu tac Aignis, an coinneamh nam Marines.

Thòisich cogadh ùr air taobh an ear an t-saoghail. Chaidh mi fhìn is balach Eireannach chun a' recruiting office a chur sìos ar n-ainm.

'S e gòraich a bha seo, oir bha sinn mu thràth ceangailte ann an seirbheis an riaghaltais agus dhèanadh iadsan leinn mar a thogradh iad. Ciamar a b' urrainn dhuinne a bhith nar bholaintìors? Ach bheir stòpa alcoil do Cheilteach agus 's e sin an dearbh rud a nì e — bholaintìoradh. Gur iad na balaich.

Cha deach duine dhen dithis againn faisg air batail. Ach thàinig fiosrachadh às a' chogadh sin a-rithist a chuir fearg agus goiriseachadh orm, nuair a leag na h-Ameireaganaich napalm air na h-Argylls.

Shòbraig siud sinne airson latha no dhà.

'S e uaireannan uabhasach neònach a bh' ac' san rìoghachd ud airson fosgladh nam pubs. Nach biodh iad a' dùnadh aig sia uairean feasgar. Bha seo ri fàgail gu robh five o' clock swill ri dol agus dh'fheumadh tu bhith tapaidh gus glainnichean gu leòr a chur sìos mus dùineadh iad. Fad feasgar mòr an uair sin gun mòran ri dhèanamh mura faigheadh tu a-steach air doras cùil far an aithnicheadh iad thu.

Snap a chaidh a ghabhail le cuideigin air sràid air choreigin san rìoghachd ud. Is beag tha dh'fhios 'am cò a ghabh e, no dè an t-sràid no dè am baile. Mi fhìn 's am balach donn aig doras an taigh-bìdh le ainm air an uinneig: ROMA. Bha mi a-riamh dèidheil air an spaigeataidh oir bha e saor agus lìonadh e thu. Esan na dheise, le taidh mhòr dhealbhach, air a sgeadachadh airson a' bhaile mhòir. Mise le lèine khaki fhosgailte, mo shùilean dùinte an aghaidh na grèine, am botal 's an toit san aon làimh, an làmh eile mu amhaich mo mheit. Càch sa pholl-mhònach.

Thàinig fear dhe na noncoms thugam san oifis aon latha. Dè seòrsa airgid a tha dhìth ort? Bu toigh leam a bhith a' toirt airgead seachad. Ach cha b' e sin a bh' air aire idir. Mise Cpl Darrach, ars esan. Darrach. Nach e ainm Gàidhealach a tha sin? 'S e. Gu dè a tha e a' ciallachadh? Tha, arsa mise, Oak. Sin an t-ainm agad. Oak. Ged a bhithinn air mìle not a thoirt dha, cha b' urrainn dha a bhith na bu thoilichte.

Feadhainn eile ann an siud cuideachd le sloinnidhean Gàidhealach. Feadhainn aig an robh fios agus feadhainn aig nach robh. Nam measg balach donn dòigheil a bhiodh ag òl còmhla rium. Mo sheanair, thàinig esan às àite fada, fada air falbh. An cuala tu a-riamh mu dheidhinn an àite às an tàinig mo sheanair? Tha mi a' creidsinn nach cuala, ged as e Albannach a th' annad. Dè 'n t-àite a tha sin? Tha Nis. Nis! Gabhaidh tu glainne leann eile? Gabhaidh. Slàinte MhicLeòid! Agus oifigear mòr tapaidh le falt ruadh air. Coltach ri Charlton Heston. Frisealach. Bha e mar tarbh anns an scrum.

Thuirt Rangi, ogha MhicLeòid, rium aon latha, feumaidh tu coinneachadh ri mo phiuthar. Tha i math air seinn agus air danns agus air a' ghiotàr. Ged a chanas sinne daoine donn rinn fhìn, ged as e sin an rathad a bhios ar seòrsa ri gabhail, oir tha sinn pròiseil, agus tha cultar againn, chan eil e dona gu bheil fuil eile a' ruith nar cuislean.

Ag èisdeachd ris an t-seinn agus ris a' cheòl aig na daoine donn, bhiodh seòrsa de chianalas a' tighinn orm, gun fhios carson. Bha iad cho toilichte nuair a bha iad cruinn còmhla. Bha na fuinn a b' fheàrr aca rudeigin coltach ri fuinn Ghàidhlig, mall agus milis, a-null is a-nall. Bha faclan Beurla air an cur ris na h-òrain agus bheireadh seo dhut blas na sgeòil. Orain gaoil, òrain cogaidh, òrain mara. Gum b' iad na maraichean an latha dhan robh iad, ri siubhal nam mìltean mìle tarsainn a' chuain ann am bàtaichean fada caola a bha cho ìosal 's gun cuireadh tu do làmh sìos dhan t-sàl. Ag iomradh fad an t-siubhail, na pleadhagan a' tumadh 's ag èirigh còmhla ris an t-seinn. Chunna mi tè dhe na canoes aca aon latha ann an taigh-tasgaidh. Tha fhios nach fhaiceadh tu tè aig muir!

Carson a tha mi ag innse seo dhut co-dhiù? Carson a bhodraigeadh tu a leughadh? Well, is fhada bho thòisich mise ri sgrìobhadh. An ann an latha a rugadh mi? Na mo cheann. Cha dèan rud ciall do dhuine ach mar a tha e ga fhaicinn na cheann fhèin. Mar gum biodh air screen. Nach ann air screen a tha an saoghal againn ga fhaicinn an-diugh, riamh bho thòisich sinn a' dol gu na pictures nar cloinn. Dè an seòrsa screen a bh' aig na bodaich? Orain, tha mi creids', òrain a' dèanamh dealbhan nan cinn. Agus na fuinn, na fuinn ag èirigh 's a' laighe mar an cuan mòr a tha gar cuartachadh. Tha an inntinn saor, ach chan eil an t-sùil.

Thèid sinn air làithean-saora còmhla, ars am balach donn, thèid sinn dhachaigh gu taigh mo mhàthar airson seachdain no dhà. Ach an toiseach, cuiridh sinn seachad oidhche ann an taigh-òsda air an t-slighe agus canaidh mi ri dithis dhen a' chlann-nighean a tha ag obair còmhla rium ar coinneachadh ann an sin. Thàinig sinn bhon trèana agus chaidh sinn tarsainn nan rèilichean gu taigh-òsda mòr fiodh, le balconaidh le ransaichean fiodha, mar gu faiceadh tu staidhre. Chaidh sinn a-steach dhan bhàr: Bheir dhuinn dà ghlainne leann, agus am faigh sinn rùm airson na h-aon oidhche.

Thàinig a' chlann-nighean agus ghabh iad deoch no dhà còmhla rinn. Trobhaidibh gus am faic sibh an rùm againn, agus chaidh sinn suas an staidhre nar ceathrar, am balach donn is e a' gluasad mar bogsair, an tè leis an fhalt dhubh agus na sùilean deàrrsach, mi fhìn agus an tè bhàn a bha àrd agus caol agus gluasad aice mar searrach.

Bha dà leabaidh san rùm againn agus chaidh sinn annta. Còmhradh agus spòrs gu leòr, ach 's e sin uile, ars am balach donn, agus sinn air a dhol a-mach airson mionaid. Bha 'n tè dhorch air a dhol còmhla riumsa ceart gu leòr, mura biodh gu robh an tè bhàn anns an rùm. Nuair a thàinig an t-acras oirnn, chaidh mi fhìn a-mach dhan bhaile agus cheannaich mi ceithir fish-suppers bho Ghreugach. Dh'ith sinn nar suidhe anns an leabaidh iad, mi fhìn 's an tè bhàn ann an aon leabaidh, agus an dithis eile anns an tèile. Dh'fhalbh a' chlann-nighean agus chaidh sinn a chadal.

Chuir sinn seachad cola-deug thaitneach aig taigh Rangi. Bha fear an ath dhoras a bha air a bhith anns a' chogadh. Sinn fhìn 's na Gàidheil 's na h-Astràilianaich, sinn a thug buaidh air Rommel, sinn, ach 's e duine math a bh' ann an Rommel, bha tòrr aig na balaich mu dheidhinn Rommel, agus chan fhaca tusa càil a-riamh cho feumail anns an fhàsach ri jerry-can. Chunna mi batàilidhean nan daoine donn aon latha agus sinn air an ratreuta agus dithis aca a' slaodadh prais mhòr feòla bruich eatarra air raidhfeal 's na peilearan a' dol mun cluasan. Chan fhàgadh sibh am biadh às ur dèidh idir. Tha feum aig daoine air biadh, ars mo mheit.

Ged a bha sinn ag òl gach oidhche, bha sinn uile sòbar agus cha do ghabh mise an daorach idir. Bha biadh gu leòr againn agus bha sinn an taighean dhaoine dòigheil, daoine a bha a' gabhail riumsa mar a bha mi.

Bha deagh mheit eile agam a bha tric còmhla rium sa bhàr. Na bu tric na bha am balach donn, le innse na fìrinn. Fear beag tacach a bha air a bhith anns an nèibhidh. Scouser, ach abair Scouser annasach. Cha robh air aire ach a bhith a' leughadh Joyce, ag òl leann, 's a' bruidhinn air boireannaich. Thug e orm leughadh Ulysses ach cha robh mise ga thuigs. Thuig mi dè bha agenbite of inwit a' ciallachadh, ach 's e sin fhèin e. A-mach à leth-millean facal, thuig mi trì no ceithir. Ach cha do chuir seo bacadh sam bith air ar càirdeas agus is iomadh lachan gàire a fhuair mi bhuaithe. Tha e furasta gàire a dhèanamh an uair a tha thu saor, aig bòrd le glainnichean 's am bàr air ùr-fhosgladh. An cianalas a thigeadh ort an uair a chluinneadh tu Time, please, òl do dheoch dheireannach agus bheir an t-sitig ort. Bha an cianalas air Scouser fad na h-ùine.

An dùil an e maraiche Gàidhealach a bh' air an dearaig a' mhadainn a chaidh Rangi a mharbhadh ann an toll na soithich?

A chas a' slaighdigeadh bhon a' chluids, am bucas mòr a' tuiteam dhan toll mar chlach a' dol do thobar. Ràn aig an dearaig agus ràn eile ag èirigh às an toll.

Teans mhath nach e, gur e docair a bh' ann, fear anns an Aonadh ùr.

Nam faiceadh tu e, an latha dha robh e, danns eadar dithis, am bàla fo achlais, na fiaclan a' deàrrsadh, bheireadh e na deòir gu do shùilean. Rangi.

Bheil sgillinn airgid agad? E toirt a' phasgain bhig notaichean às a phòcaid is cho faiceallach ri dèanamh dà leth air.

Balach à Sasainn agus e dol a phòsadh nighean à Alba. Dè a chanas iad rithe? 'S e Mac a th' aig a h-uile duine dhe caraidean oirre. An seas thu dhomh mar best man seach gur e Albannach a th' annad? Seasaidh, gu dearbh, ach feumaidh mi deise a haidhrigeadh, deise ghlas. Bha 'n deise a fhuair mi beagan teann mun a' mheadhan agus thuig mi gu robh mi a' leudachadh leis an aois agus leis an leann. Cha deigheadh agam a-nis air cluiche futbol, ged nach robh mi idir cho sean ri cuid a bha. Tha còig air fhichead gu math òg airson retireadh bho rud sam bith.

Daoine donn gasda dha-rìribh aig an robh sinn a' fuireach airson làithean na bainnse agus bha oidhche mhath againn. Fhuair mi air adhart uabhasach math leis an tè a bha seasamh còmhla ri Mac. Chaidh mi air falach a-staigh fon leabaidh aice, saoilidh mi, ach 's e sin fhèin cho fad' 's a fhuair mi.

Thàinig mi nuas chun a' bhaile mhòir nam shuain chadail ann an railcar, agus chaidh mi a dh'fhuireach airson latha no dhà do thaigh-òsda a bha shìos faisg air a' chidhe. Bha dòchas agam gun tigeadh cuideigin de Ghàidheal a-steach dhan phublic bho tè dhe na soithichean a bha a-staigh ach cha tàinig duine. Chunna mi fear le colair geal gu chùl anns an taigh-bheag agus chuir e iongnadh mòr orm.

Chaidh mi suas an staidhre a-rithist còmhla ri tè air an robh mi eòlach, ach thàinig am portair às ar dèidh agus dh'fhalbh ise dhachaigh.

Fear a bhios ri òl gach oidhche, agus tron latha an uair a gheibh e an teans, cha bhi e furasta dha càirdeas ceart a bhith aige ri nighean sam bith. Agus sin mar a bha mise, a' chuid mhòr dhen tìde. Gun teagamh, a dh'aindeoin deoch, bhiodh cuid de bhoireannaich deònach càirdeas a bhith aca riut, gus an latha a chitheadh iad gu robh gnothaichean eile na do bheatha a' dol os cionn càirdeis.

Bhiodh e na b' fhurasta dhan òladair na boireannaich a sheachnadh gu tur, abair gu sàbhaladh seo dòrainn dha, ach nach eil fear an òil mar fhear sam bith — nach eil feum aige air càirdeas agus air co-chomann mar duine eile? Gun teagamh, canaidh cuid gu bheil tuilleadh 's a chòrr feum aig fear an òil air an dearbh rud a tha sin.

Mise nam shuidhe air a' phlèana agus iad a' cur clobhd mòr timcheall air m' uilinn, fractured humerus. Thàinig a' wing-commander seachad, What is your wound, Airman? Fractured humorous and it is not funny, sir. Ri cluich aig cogadh. Field Hospital, slàn, air iteig air plèanaichean, bho phort-adhair gu port-adhair. H hour. Bha fèir gu leòr uisge-beatha agam air bòrd airson gun còrdadh an latha rium. Spòrs math. Air ais gu na pay-cards an ath latha. Gun humour no uisge-beatha.

Obair na deoch, an druga a tha mòran nas fheàrr na bhalium airson na cùirtearan a tharraing. Rùm blàth le fàileadh nam fags agus corra uair, fàileadh seanta cuideachd.

Tha e a' toirt trì latha mus tig thu timcheall, trì fichead 's a dhà dheug de dh'uairean a thìde, cò mheud mionaid is diog le fallas is eagal is nàire. Am fallas a' sruthadh sìos do bhroilleach is tu ga shuathadh, gus mu dheireadh, tha do bhoisean mar bhoisean bean-nighe. Do chorp ri biorgadh thall 's a-bhos, ach 's e as miosa am film diabhalta a' ruith gun sgur na do cheann no air a' bhalla am measg nam flùraichean.

Na siotaichean bog fliuch agus a-rithist ri tiormachadh ort, am fallas a' ruith sìos do bhroilleach, ga shuathadh le do làmhan gus an robh iad liorcach mar làmhan bean-nighe ri taobh na h-aibhne, ri nighe an aodaich a dheigheadh a chur orrasan a bha marbh, a bha a' dol a bhàsachadh, a bha air bàsachadh, i a' seinn a' chiùil a bha a' dol mun cuairt gun sgur air an aon phìos teip a' dol mun cuairt na do cheann, ri seinn an òrain, òran nam marbh na do cheann, do shùilean dùinte an aghaidh solas na h-uinneig agus soillse an sgàthain an doras a' wardrobe, do sgòrnan dhut mar phìob an taigh-mhùin eadar do chadal is do chlisg.

Chan eil fhios, arsa mise, aon mhadainn, chan eil fhios nach e alcolaig a th' annam, dè?

Chan e na bloigh alcolaig, na bi gòrach. Chan eil dad ceàrr ortsa ach gu bheil thu dualtach air cus òl.

Chaidh meit math dhomh a dh'ionnsaigh an dotair agus e ri cluinntinn guthan am broinn a chinn. Chaidh a chur a dh'ospadal inntinn agus an ceann sreath, fhuair e saor 's an t-seirbheis.

Nuair mu dheireadh a chunna mise e, bha e am measg nan docairean. Ag òl teatha. Coire mòr làn teatha. Cha tuirt e guth air na guthan.

Ach gu dè tha ceàrr air dealbh-chluich a bhith dol na do cheann? Uill, tha mi creids gu bheil e a rèir dè tha na pearsachan san dealbh-chluich agad ri ràdh riut. Fhad 's a mhaireas iad ri bruidhinn is ri trod am measg a chèile tha an gnothaich ceart gu leòr. Ach an uair a thòisicheas iad ag obair ort fhèin? Gu h-àraid nuair a shaoileas tu gu bheil thu ag aithneachadh feadhainn dhe na guthan.

Ri bruidhinn air dealbhan-cluich: 's e fear dhe na pioctars a b' fheàrr leam fhìn fear a chaidh a thogail air playhouse Steòrnabhaigh, Hedy Lamarr is Ann Sheridan is poca de shiùcaran steigeach, na Three Stooges is Dorothy Lamour.

Chunna mi a' chiad pioctar fìor cheart air taobh eile an t-saoghail, ge-ta, The Wages of Fear, film Frangach le fo-thiotalan, theab mi clisg, bha rud a bh' ann cho fìor an taca ris an tofaidh Aimeireaganach a fhuair mi aig an taigh. Bha tè no dhà agam is cha do rinn mi sgreuch idir.

An dèidh sin, bha 'm playhouse dhomh, nam bhalach, mar àite-còmhnaidh ro mhìorbhaileach, dhèanainn goid is dh'innsinn a' bhreug gus faighinn ann. Leam fhìn, mar bu tric is ann leat fhèin as fheàrr thu, son do rathad a dhèanamh a-steach dhan t-saoghal eile. Le do phoca shiùcaran.

'S e rud diabhalta a th' ann an uair a tha thu a' feitheamh ri còig uairean. Nad chrùban os cionn na deasg, ri toirt a' chreids gu bheil thu 'n sàs ann am figearan air choreigin, air do chuartachadh le boireannaich òg, ghlan, fhallain air nach robh tinneas misg a-riamh, no tuigse sam bith carson a dheigheadh duine le ciall a-steach dhan fhaing dhamaite a tha sin.

Tuainealas ort is eagal do bheath' gun fhios nach fhaigheadh cuideigin ceist ort, ceist a fhreagradh tu gu dòigheil, glic agus mionaideach o chionn latha no dhà ach a chuireadh an-diugh thu nad bhoil. Agus an nàire! nàire! nàire!

Nas miosa buileach anns na làithean sin, agus 's tric iad aig an drungair, na làithean a tha airgead a dhìth ort, gun fiù 's dòcha an entry fee nad phòcaid, ciamar bho Dhia a gheibh mi an rud a leasaicheas mo thinneas? Uisge a' bhàis, is tu a mharbh mi ach is tu a bheir beò mi, mar an ceudna, mar an ceudna. Na diùlt sub a chaoidh do dhuine a tha a' bàsachadh air a shon.

Scouser beag cho tric aig a' bhòrd agam sa chaintion, e a' coimhead am broinn a ghlainne leann agus ag innse dhuinn gu dè bh' aig James Joyce ri ràdh air a' chuspair a bh' againn aig an àm, ged as iomadh cuspair a bhiodh sinn ri cagnadh aig a' bhòrd ud, mas tòisicheadh na h-òrain ghan seinn:

They say there's a troop-ship just leaving Bombay
Bound for Old Blighty's shore,
Heavily laden with time-expired men
Bound for the Land they adore...

Cianalas mòr air daoine airson saoghal a dh'fhalbh, nach robh a-riamh ann, a rèir Scouser.

Ach bha saoghal eile ann, 13,000 mìle air falbh, agus cha robh cianalas air duine na bu mhotha na bh' air Scouser. Eil cuimhne agad air na paidhs a gheibheadh tu anns na pubs le ugh slàn nam broinn? Chan fhaca sinne veal an' ham paidh a-riamh ann am pub an Steòrnabhagh, is dòcha air sgeilp am bùth Uisdein tron uinneig.

An solas a' deàrrsadh tro na glainnichean air a' bhàr, an dath soilleir donn ud mar uisge na h-aibhne air a' mhòintich air latha brèagha samhraidh. An tè air cùl a' bhàr ri toirt sùil gheur ort, a bheil thusa ochd deug — chan eil a-riamh agus i toirt dhut na glainne aig an aon àm. Sia sgillinn, a ghràidh, na cìochan aice air am bruthadh am broinn an aparain. Ri tionndadh chun an ath fhear, chan eil deur uisge-beath' an seo, a bhalaich, don't you know there's a war on. Gheibh thu nip sloe gin ma bhios tu lugaidh, a ghràidh. Cuin a thàinig thu dhachaigh? Cuin a tha thu falbh? Bheil thu air na convoys fhathast?

Fairich am fàileadh a tha bhom anail.

Bha iad airson plèanaichean cogaidh a chur a-null dhan Mhedi gu eilean làn eachdraidh nan Greugach. Diets. Gun fhios nach tigeadh cogadh, co-dhiù, gus am biodh iad ann, deiseil.

Dè bha dol a thighinn? Cò aige a bha fhios, dè 'n diofar, leig mise dhan an sguadran ud, gus am faigh mi air ais do dhùthaich nan Eòrpach, dùthaich nan Greugach, dùthaich nan Ceilteach uaireigin, àite nan Galàitianach, boireannaich shocair agus fìon gorm — gorm?

Tha feum aig balaich a bhios ri itealaich air dà rud mar a th' aig duine sam bith — biadh agus pàigheadh. Agus cò bha dol gam pàigheadh? Chuir iad mise a mheasg nam paybooks agus 's mi bha air mo dhòigh. Iad a' trèanadh airson trì mìosan mus fhalbhadh iad, mise ri bristeadh mo chridhe leis an dòchas gun deighinn còmhla riutha nuair a dh'fhalbhadh iad. Chuireadh an turas seo air ais dhan an Roinn-Eòrpa, air ais gu eilean na Grèig, a' bheatha mì-rianail agamsa air cùrsa ceart, dòigheil, socair far am bithinn ri lorg dhomh fhìn beagan dhe na faireachdainnean iongantach a bh' aig daoine nuair a thòisich iad ri faireachdainn, dè? Nach ann às a' Ghrèig a thàinig sinn uile?

'S e cultar a bha dhìth san àite san robh mis'. Cultar gu leòr thall an siud, thuirt Scouser, maraichean cho math ris na Maoiris fhèin, far an robh Ulysses uaireigin ri togail sheòl.

Birlinnean.

Bha poidhleatan math anns an sguadran, balaich òg shnasail, agus bha sinn uile duilich nuair a chaidh dithis aca an lùib a chèile ri daoibhigeadh air an targaid. Cha do chuir sin maill sam bith air a' ghnothaich, oir bha gu leòr eile ag iarraidh nan àite.

Nach iongantach mar a ghlacas dreuchd a' phoidhleat inntinn dhaoine fhathast, thuirt mi fhìn sa chaintion, ach cha do fhreagair duine agus chum mi orm ag òl mo ghlainne leann. Tha iad ag èirigh os ar cionn, thuirt cuideigin an uair sin. Cha do fhreagair duine seo na bu mhotha. Tha dithis aca air an spreadhadh air feadh an àite targaid, thuirt fear a bha muigh a' lorg nan corp.

Chuimhnich mi fhìn air an latha a chuala sinn san sgoil gun deach Paddy Finucane às an rathad is e a' rolaigeadh na Spitfire an dèidh tilleadh dhachaigh chun drome. Balach beag à Steòrnabhagh le speuclairean tiugha is e ri gal airson Paddy Finucane a bha cho math air leagail nam Messerschmitts.

Ge-ta, cha d'fhuair mise dhan Roinn-Eòrpa air ais no dhan Ghrèig nas motha. Dh'fhalbh an dà cheud ach dh'fhuirich mise. Cha robh air a shon ach tilleadh a-rithist gu saoghal nan clann-nighean san oifis, far nach lorgadh tu poidhleat no paybook.

Nan robh feum agad air tuilleadh deoch air an oidhche, 's e sin às dèidh dhan chaintion dùnadh, cha robh agad air ach gabhail tagsaidh gu taigh-òsda a-muigh air an dùthaich. Bha e cosgail ach is math a b' fhiach e am faradh eadar ceathrar, oir gheibheadh tu deoch sam bith a bha dhìth ort. Chan e leann a-mhàin mar a bh' agad ri òl sa chaintion. Fiù 's uisge-beatha math Gàidhealach, cuid dheth le ainmeannan Gàidhlig, rud a bha còrdadh gu mòr rium fhìn.

Ach fuirich ort, tha 'm pub seo dùinte agus glaiste, mar a tha còir aige a rèir lagh na dùthcha. Theirig a-steach air an fheansa àrd iarainn air cùl an taigh-òsda agus chì thu 'n sin 's dòcha ceud càr. An dèidh sin, chan eil biùgan solais ri fhaicinn. Theirig chun doras cùil agus buail e. Gheibh thu steach gun dàil agus anns a' bhàr is gann a gheibh thu àite seasamh. Abair thusa Uamh Oir am measg an dorchadais. Cuir a-nall uisge-beatha agus leth-bhotal a chuireas mi nam phòcaid gun fhios nach ruaig na poilis sinn mus streap mi suas chun àite far nach eil pian no dragh no latha no màireach.

Carson a thilleadh tu dhan Roinn-Eòrpa, dhan Ghrèig, fiù dhan Ghàidhealtachd, is e agad an-dràsd' fhèin am measg còmhradh is ceò is daoine, geal is donn, fireann is boireann — nach mìorbhaileach an saoghal anns a bheil sinn a' còmhnaidh còmhla!

Bha aon teans eile agam tilleadh chun na Roinn-Eòrpa ge-ta, airson ùine fada gu leòr son m' inntinn a dhèanamh suas an ann bu chòir dhomh a bhith no an robh m' àite sa bheatha seo ri lorg air taobh eile an t-saoghail anns a' Chuan Shèimh a bha ceart aghaidh saoghal an Atlantic far an robh mise air a bhith a' faireachdainn cho mì-mhisneachail. Fòrladh sia mìosan gun phàigheadh. Agus an rud bu chudromaiche — suidheachan an asgaidh air plèana a-null agus a-nall. Gun airgead ann son a leithid.

Nach e bha sìmplidh — an Cuan Sèimh air no an Cuan Atlantic. Agus an siubhal eatarra an rud a b' fheàrr, tha saorsa mhòr anns an t-siubhal fhèin, nach eil, a' tadhal air àiteachan coimheach.

Chaidh na pàipearan gu lèir a chur suas chun a' phrìomh-àrois agus thòisich an fheitheamh, agus abair thusa feitheamh. Chan eil feitheamh ann coltach ri feitheamh air bureaucrats fad' às.

Sgrìobh mi gu nighean air an robh eòlas òg air a bhith agam gun fhios nach robh i fhathast ri fuireach — co-dhiù, dhèanadh i leisgeul son mo thuras.

Carson nach biodh ceann-uidhe agam mar a bh' aig càch?

Chaidh mi fhìn is fear a bha math air na h-eich gu na rèisean. Bha mòran aig daoine san àit' mu dheidhinn steudach — an dà chuid, na gallops agus na pacers, mar a chanadh iad riutha. Bha a h-uile duine dol ann, cha b' e cur seachad nam beartach a bh' ann idir.

'S e na pacers a b' fheàrr leam fhìn a bhith gam faicinn, casan nan each a' gluasad còmhla air an aon taobh, cho mì-nàdarra agus cho brèagha gan coimhead. Ealain nach robh aig each sam bith eile aig na pacers. Iad a' slaodadh nan carbadan dà-chuibhleach, na sulkies, aig astar 30 mìle san uair, an carbadair os cionn nan cuibhleachan leis an t-srian na dhùirn, mar a chunnaic Oisean.

Bha gluasad nam pacers dìreach mì-nàdarra gu leòr son gun canadh tu riut fhèin, 's e ealain a th' agad ann an seo. Is tu ag èisdeachd ris a' chunntais air na glaodhairean ag èirigh os cionn buille nan cruidhean air an talamh a' tighinn mar dhrumaichean. Cinn nan each gu h-àrd, an caran a-null 's a-nall mar dannsa nach fhaca tu riamh aig duine no beathach.

Siud iad seachad, siud am fiver mu dheireadh air a chall, ach tha do chridhe a' bualadh fhathast ri ruitheam nam pacers àlainn, ealanta, ionnsaichte.

Chaidh na b' fheàrr leinn a thaobh airgead an latha a chaidh sinn chun nan gallops. Thubhairt fear-ealain nan each gu feuchadh sinn air cur-geall dùbailte agus thog e fhèin a' chiad leth. Siuthad a-nis, bheir dhòmhsa an t-each a tha dol a bhuannachadh na dàrna rèis.

Bha faisg air dà fhichead ann is gun mise eòlach air gin aca. Ruith mo shùil suas agus sìos an t-sreath ainmeannan annasach le còd nach robh mise tuigsinn ris gach ainm. Faclan neònach an seo, arsa mise. Tagh am fear ceart agus bidh sinn beartach, ars esan, na biodh cabhag ort idir, tha amharas agam mu dheidhinn a' chuir-geall seo, faireachdainn air choreigin, dà shealladh no rudeigin, dùin do bheul gu smaoinich mi. Dè bho shealbh am fear a thaghas mi, 's deagh chaomh leam faclan, is fheàrr dhomh dhol air na faclan fhèin gun fhios nach tig luck orm. Seo facal a tha a' còrdadh rium, Travesty, 's e travesty a bhios ann mura dèan sinn an gnothaich leis.

Rinn sinn an gnothaich agus fhuair sinn na ceudan notaichean, is cha bu bheag sin anns an latha a bh' ann.

Carson a thagh thu an gearran bochd ud nach robh dùil ris tuilleadh? Trabhastaidh, ars mise, tha e coltach ri facal Gàidhlig, chanadh tu gur e facal Gàidhlig a th' ann, àite air choreigin.

An diabhal, nach do lorg mi gu robh gugaichean anns an àite seo, gugaichean gan glacadh agus gan ithe aig na daoine donn, fèir mu choinneamh Shùlaisgeir, air astar dìreach a-steach am broinn an t-saoghail agus a-mach air an taobh eile, 13,000 mìle eadar gugaichean Nis agus gugaichean nan daoine donn dòigheil a tha seo. Muttonbirds — abair thusa ainm a tha 'g innse dhut dè a th' agad. Tha aon eadar-dhealachadh eadar am muttonbird agus an guga. Is ann a' smocaigeadh nam muttonbirds a bhios iad, chan ann gan sailleadh. Tha e mar gun cuireadh tu ciopair an àite rionnach saillte, 's e sin an dòigh as fhasa innse dhut dè 'n diofar a tha eadar muttonbird is guga, nuair a chuireadh tu na do bheul e. Chanainn fhìn ris na Nisich gum bu chòir dhaibh feuchainn an guga a smocaigeadh, pàirt aca co-dhiù. Aon eadar-dhealachadh eile eadar am muttonbird agus an guga, cha bhi am muttonbird a' siubhal an t-saoghail mhòir idir mar a bhios an guga.

Thàinig am fios mu dheireadh thall bho na bureaucrats gu h-àrd: Chan urrainn dhut a dhol air do làithean-saora a Bhreatainn idir, thàinig oirnn sgur dhe na plèanaichean a-null 's a-nall, cha b' fhiach e an t-saothair dhuinn a bhith dèanamh sin.

Is e an fhìrinn gu robh na plèanaichean ro shean a-nis agus ro chosgail a bhith gan càradh tuilleadh.

Is e rud uabhasach a th' ann nuair a thèid do dhòchas a bhristeadh gu tur mar seo; cuimhnich gu robh mise ceangailte anns an t-seirbheis agus mi gun chothrom idir rud a dhèanamh air mo shon fhìn. Na cuir a chaoidh d' ainm ri pàipear sam bith ma tha thu 'n dòchas gun tèid d' fhàgail saor agus socair anns an t-saoghal seo. Is e bhith soighnigeadh phàipearan a tha dèanamh eachdraidh an duine cho dòrainneach — 's e sin mo bheachd-sa.

Ach carson an diabhal a chuir mi m' ainm ris a' phàipear-ceangail anns a' chiad àite? Is math a dh'fhaodas tu sin fhaighneachd dhòmhsa. Chan eil teagamh nach robh mi soinneanta agus dualtach a bhith creidsinn a h-uile càil a chante rium. Ach tha rud eile ann cuideachd: 's e sin an rud a chaidh a chuir dha na Gàidheil, iad a bhith umhail dhaibhsan a bha air an cur os an cionn, ri gabhail ris gur iad na daoine mòra as fheàrr fios. Agus aig an aon àm a bhith creidsinn anns na daoine mòra sin, nach innseadh iad a' bhreug dhut. Agus seòrsa de dh'eagal agad romhpa cuideachd. Ma shoighnigeas mi 'm pàipear seo dhaibh, is dòch' gun saoil iad gur e balach math a th' annam agus gu leig iad dhomh.

Paranoia. Chan eil facal Gàidhlig ann airson paranoia ach tha làn-thìde am facal sin a thighinn a-steach dhan chànan is dhan chultar againn, ged nach biodh ann ach gum biodh fhios againn dè th' ann am paranoia nuair a bhuaileas e sinn.

Bha an t-uabhas làithean-saora agam ri fhaighinn agus dh'fhalbh mi sìos a Dhùn Eideann airson cola-deug. Chan eil e idir mar a tha am muttonbird agus an guga, Dùn Eideann ud agus Dùn Eideann air a bheil sinn eòlach. Chan eil coltas sam bith aca ri chèile.

Aon rud a bhuail orm mu Dhùn Eideann a Deas, gu robh am bath anns an àite-fuirich agam air a dhèanamh a-mach à fiodh, fèir mar amar-dubaidh.

Chan e leann dona a th' anns an àite, mar a dhùilicheadh tu, agus stuth cruaidh ri fhaotainn cuideachd. Cha deach an deoch cho dona dhomh sa chola-deug 's a b' àbhaist dhi, ged a bha mi làn gu leòr a' chuid mhath dhen tìde. Bha mi, às a dèidh, saor gu leòr o cheann goirt agus stamag shearbh agus mì-chàilearachd dhen t-seòrsa sin, ach dud tha sin an taca ris a' pharanoia?

Bha biadh math ri fhaighinn sna taighean-bìdh — eisirean air an ròstadh ann am batar, whitebait anns an aon dòigh agus chips leis gach nì. Bha whitebait a' còrdadh rium glan agus thuig mi rithist carson, nuair a dh'fhoghlaim mi air turas do leabharlann gur e sgadan òg a bh' ann.

Choinnich fear rium anns a' chafaidh aon latha bho taobh a-muigh a' bhaile. Is gann a thuiginn facal a bha tighinn às a bheul agus an còmhradh aige mar Bucach às a' Bhruaich, ged a rugadh 's a thogadh e san àite san robh e 'n-dràsda air taobh eile an t-saoghail.

Cha robh na bha mi 'g òl ri dèanamh uimhir de chron orm a-nise idir, nuair a shòbraiginn, ged a bha e dona gu leòr. Bha mi mar gum bithinn air rudeigin fhoghlam dhomh fhìn, rud a dh'fhoghlamas a h-uile duine aig àm air choreigin, is dòcha nuair a dh'fheumas e.

Chanainn fhìn nach eil na fireannaich am measg nan Gàidheal glè mhath air an rud tha seo fhoghlam — is fheàrr leotha a bhith còmhnaidh ann an saoghal brèagha na h-òige cho fad 's as urrainn dhaibh. Tha bhith air d' àrach le do mhàthair anns an h-Eileanan an Iar ceart an aghaidh thu bhith air do chur air falbh gu sgoil chruaidh aig ochd bliadhna gus do thogail aig daoine eile, mar a bhios iadsan a chaidh an chur os ar cionn a' dèanamh len cuid chloinne.

Chan eil mi an-dràsd' a' dol a ràdh cò an dòigh as fheàrr; is fheàrr 's dòcha, mar as tric as fheàrr, dòigh air choreigin air clann a thogail suas a tha tuiteam an àiteigin eadar an dà dhòigh sin.

Ach gu dè a dh'fhoghlaim mi? Dh'fhoghlaim mi seo. Na bi cur do mhisneachd is d' earbsa ann an daoine eile idir, a bhalaich, ach seas suas gu dìreach socair air do shon fhèin. Chan eil an diabhal duine aca càil nas fheàrr na thusa, oir tha thusa nad dhòigh fhèin air leth bho dhuine sam bith eile agus tha còir agad a bhith cùramach dhut fhèin. Na dèan cron air duine ach seall a-mach gu h-onarach air do shon fhèin.

Sin do bhrògan-sa, is iad a tha a' bualadh ceum bho cheum air a' chabhsair agus nam broinn tha do chasan-sa agus 's e thusa a stiùireas na casan sin, càit an tèid iad.

Thuirt fear sa bhaile againn uaireigin, is a mhàthair ag innse mar a thug i bhon chìoch e son a chur air a' bhotal: Is tu rinn an call an latha chuir thu mise air a' bhotal.

Leisgeul a bh' aige, leisgeul!

Loisg mi a' chiad urchair air na bureaucrats is mi a' cur iarrtas a-steach ag ràdh riutha gu feumadh iad mise a leigeil mu sgaoil, agus thill am freagairt ris am biodh dùil. No!

Cha do shaoil mi cus dhen a seo. Tha fhios 'am gur e batail fada a th' ann nuair a thèid thu 'n sàs anns na bureaucrats agus rinn mi gàire beag searbh nuair a chaidh innse dhomh. Chunna mi am facal self-pity air oir nam pàipearan air an deasg aige agus thuirt mi rium fhìn, chan eil sibh cho slac. Nach tuirt e, You write a damned good report. Where did you learn? You read nothing yet, a bhalaich.

Nochd fear à Eirinn anns a' champa, ach seach nach biodh e tadhal air a' chaintion agus gu robh e 'n sàs anns na hangars am measg nam plèanaichean, bha greis mus d'fhuair mi eòlas air.

Bha leabharlann beag againn agus is ann an sin a thàinig sinn an lùib a chèile, toirt sùil nar dithis air na leabhraichean aig Simenon, a bha cha mhòr cho math ris na h-Eireannaich fhèin a rèir Padaidh. Tha leabhraichean gu leòr agamsa, agus ri innse na fìrinn abair gu robh an rùm beag aige a' cur thairis leotha. Bheir leat fear sam bith a tha thu ag iarraidh — na leugh thu Yeats?

Ach is ann a tha mise ri coimhead air an dreasair aige, air an rud a tha na sheasamh an teis-meadhan an dreasair aige. Claigeann.

Claigeann leis na fiaclan a' braoisgeadh is toll nan sùl a' coimhead ort ge b 'e càite an seasadh tu.

Yorick, arsa Padaidh, bidh Yorick a' cumail sùil orm gus an latha sin a gheibh mi dhachaigh gu Tìr a' Gheallaidh, Eirinn shaor.

Ciamar a gheibh thu gu Tìr a' Gheallaidh is tu ceangailte ann an seo? Na biodh dragh ortsa, a bhalaich, gheibh sinn ann uaireigin.

Thàinig bànrigh a shealltainn oirnn bho taobh eile an t-saoghail agus chaidh cuid againn a thaghadh bho thall 's a-bhos airson fàilte a chur oirre. Is mi a ghabh an t-iongantas nuair a chaidh mis' a thogail nam measg. Cha dèanadh an t-èideadh a bh' againn an gnothaich airson a dhol air beulaibh na bànrigh agus thàinig tàillear a ghabhail ar tomhais gus am biodh deise ghorm shnasail ùr le putanan òr-bhuidhe aig a h-uile mac màthar a bha dol a sheasamh gu stobach is

Lee Enfield na dhòrn fhad 's a bhiodh ise air a giùlain eadar plèana agus Daimler.

Ach bha gu leòr ri dhèanamh roimhe sin agus chan eil teagamh nach deach an iarrtas-dhachaigh agamsa a chur gu bonn an sgàil. Agus am fear aig Padaidh mar an ceudna, ma bha fear aige a-staigh. 'S e duine dùinte a bh' ann am Padaidh ann an iomadach dòigh. Duine glic.

Chaidh sinn tuath airson mìos a thrèanadh a dhèanamh mus fhaiceadh ise sinn, agus cha robh e buileach dona, cha robh thu stuck ann an oifis co-dhiù.

Bha hòro-gheallaidh againn mus do dh'fhalbh sinn agus bha mise gu math tinn a' faireachdainn air an trèana gu tuath agus buaidh na deoch air m' fhàgail air tràigh chruaidh thioram. Is math nach robh mi air an trèana a bha tighinn às ar dèidh, gun fheum, gun mhisneachd, gun smior, gun neart cuirp no inntinn annam. Bhrist an taobh a-mach à loch air mullach beinn agus sgap deigh is uisge, trèana is drochaid leotha. Faisg air dà cheud air an call, chuir e an Iolaire nam chuimhne.

Cha d'fhuair Padaidh cuireadh chun na bànrigh idir.

Chuir iad fear 13,000 mìle a bhruidhinn ri m' athair agus thuirt esan, seall air an talamh sin, is ann aig' a bhios e na chùram nuair nach bi mise ann, agus thuirt mo mhàthair, mas e is gu bheil e cho mì-shona anns an àite fad' às tha sin, carson nach leig sibh fo sgaoil e? Cha mhotha na sin de ghnothaich a bh' aige a dhol ann sa chiad àite. Carson nach do dh'fhuirich e aig an taigh, obair na deoch. Thuirt m' athair rithe, ma leigeas iad fo sgaoil e nach bi a h-uile fear eile ag iarraidh an aon rud? Fhuair gu leòr am peilear san Fhraing airson ruith air falbh, feadhainn às an dearbh àite tha seo am measg chàich, pour encourager les autres.

San Fearaidh Ann.

Feuchaidh sinn tac eile le iarraidh gun tèid an ùine a bha còir agam a bhith an grèim aca a ghearradh sìos gu ochd bliadhna, gun fhios nach toir seo fosgladh air choreigin dha na bosaichean, feumaidh tu an còmhnaidh a bhith cinnteach nach dèan thu tàmailt sam bith dhaibhsan aig a bheil làmh-an-uachdair ort, na maslaich iad air do bheath' no cuiridh iad suidse ruit agus a chaoidh chan fhaigh thu faisg air an rud a tha dhìth ort. Sùbailte, feumaidh tu bhith sùbailte, na leig dhan a' chianalas a' chùis a dhèanamh ort ann an dòigh is gun dìochuimhnich thu an rud a tha romhad; dè dhaibhsan a bheil thu ann no às, ach tha na riaghaltan cho teann agus na daoine tha ghan cur an sàs cho dùinte agus cho eagalach; eagalach, cuimhnich.

Tuilleadh sgrìobhaidh ga dhèanamh dhaibh, sùbailte, soilleir. Iad a' gnogadh an cinn, well-written requests. I wonder bilingual, the regulations state ...

Dh'fhalbh a' bhànrigh agus thàinig na h-Ameireaganaich, iad air mothachadh gu robh pìos dhen t-saoghal air fhàgail aig na h-Eòrpaich gun a ghabhail a-null agus a chur fodhpa fhèin, an Antarctic. Fuaim ùr os ar cionn, gliongadaich nan heileacoptairean, shaoileadh tu gu robh iad dol a spreadhadh às a chèile mar a bha an roth-gaoith a' cur nan caran 's a' crathadh a' bheathaich. Abair thusa breislich nuair a chaidh tè aca bun-os-cionn dhan chidhe air dhi èirigh bho deic na soithich, i dol fodha mar chlach is am balach a bha leatha a-rithist a' nochdadh am meadhan a' bhàigh mar gu faiceadh tu ròn is e a' cumail sùil air basgaid sgadain eadar bàta is làraidh. Cha robh ròn a-riamh cho lugaidh ris.

Bha fear mòr Sasannach sa champ air ùr thighinn a-mach agus ghabh e notion iongantach air a bhith snàmh shìos fon fhairge, biast de bhalach tapaidh de luchd nam mèinnearan a bha airson e fhèin a ghlanadh gu bràth bho dust leanmhainneach a' ghuail.

Bha an camp san robh mi ris a' mhuir agus chluinneadh tu esan a' plumadaich agus a-rithist chitheadh tu e a' dol às do shealladh sìos gu fada mar gu robh e cho toilichte a-nis a bhith 'n sàs ann am meadhan a dh'fhaodadh e dhol troimhe mar iasg às dèidh nam bliadhnaichean is nan linntean aige fhèin is a chuid dhaoine iad a bhith dol sìos tron talamh le spaid agus dinimit.

Cha robh an cianalas air Pom agus bha farmad agam ris cho mòr is gun d'fhuair mi fhìn casan rubair agus uinneag ghlainne son mo shùilean is pìob son tarraing m' anail shìos fon bhùrn, Come away out here, aig Pom, ach mise le eagal a' chinn daoraich, na nearbhaichean agam air chrith, mi ach ùr a' feuchainn aon uair eile tilleadh air ais gu tìr a' gliocais, dhiùlt mi dhol a-mach às mo dhoimhne, chaidh mi sìos fodha is chunna mi na clachan air a' ghrunnd agus an fheamainn a' gluasad san t-sàl agus chunna mi aon chudaig a' snàmh faisg orm, an diabhal an tug i sùil orm san dol seachad, tha mi cho eòlach air sùilean a bhith orm — nach eil a h-uile duine coimhead orm, carson nach biodh na cudaigean?

Bha bàr againne a bha air beagan inbhe fhaotainn, agus nach tug iad dhòmhsa na h-iuchraichean gun duine eile ann a bha son a bhith air a bhodraigeadh leotha. Dh'fhaodainn a dhol a-steach gun fhiosd tron latha, nuair a thigeadh a' chrith orm, agus a-staigh air falach leis na cùirtearan dùinte, dh'fhaodainn deoch a ghabhail leam fhìn, nam chrùban air cùl a' bhàr san dorchadas, cho sàmhach ri radan ann an cùil bhuntàta, ag òl botail leann làidir, a' cagnadh crisps son gum biodh rudeigin air mo stamag, cha robh math dhomh stuth cruaidh òl tron latha.

Bha cleas eile agam air obrachadh a-mach dhomh fhìn. 'S e sin a bhith ag ithe gu leòr de philichean beirm, oir bha mi tuigse gur e dìth vitamin B a bha toirt nan crithean orm. Cha robh fios 'am dè bha a' cur an eagail orm. Bha iad air Scouser a thoirt air falbh is e air a bhith gearain air na guthan a bha e a' cluinntinn, agus nach tug iad dha seoc-dealain na cheann agus cha robh ùidh aige annainn sa bhàr tuilleadh.

Fhuair e saor 's an t-seirbheis, ge air bith an d'fhuair e riamh air ais gu veal an' ham pies Liverpool. Is dòcha nach iarradh e tuilleadh iad.

Thàinig Padaidh air ais às a' bhaile mhòr agus smùid a' choin air, rud a bha glè annasach dhàsan. Chaidh cuideigin a bha os ar cionn tarsainn air Padaidh còir, ged nach robh esan air diùtaidh, agus las fearg Phadaidh agus abair lasadh aig fearg nan Ceilteach. Cha tuig na Sagsonaich idir gluasad inntinn a' Cheiltich, tha e ro luath, ro im-fhiosach is ro èibhinn dhaibh. Gu seachd àraid nuair a tha 'n deoch a' cur sradag ris.

Is e mo bharail fhìn gu robh Padaidh air òl fèir dìreach na bha feum aig' air, cuimhnich nach e òladair mòr a bha 'm Padaidh idir ach fear aig an robh buaidh air an deoch, agus ma gheibh thusa Ceilteach aig a bheil buaidh air na tha e ag òl (is dòcha gur ann gann a tha an leithid), ach ma gheibh thusa Padaidh ann an sunnd mar siud chan eil teans aig fear a tha creidsinn anns an Lagh a-mhàin nuair a thig e na aghaidh. Alas, poor Yorick.

Ri innse na fìrinn, chan eil mi creidsinn nach do rinn Padaidh suas inntinn mus do dh'fhalbh e riamh dhan bhaile a' mhadainn Disathairne ud, leis fhèin, nach robh e air am plana a chur a-mach roimhe mus do bhlais e air a' chiad ghlainne. Am plana a bha dol ga leigeil saor às an t-seirbheis gus am faigheadh e dhachaigh do Thìr a' Gheallaidh, a bha e air fhoghlam mar an aon àite anns am biodh e toilichte, obair ann no às.

Rinn na h-oifigearan an rud a b' fheàrr a b' urrainn dhaibh smaoineachadh air, an rud a tha sgrìobhte anns na Queen's Regs. Shlaod iad Padaidh dha na cells, dùil ac' gum biodh e ceart gu leòr sa mhadainn.

Nach iad a bha faoin? Cha robh iad ach a' coileanadh a' chiad phàirt dhen phlana aig Padaidh.

Thòisich e air a shocair ri toirt an cell às a chèile, pìos bho phìos, is ga shadadh a-mach eadar na cruinn a bh' air an uinneig. Gu nàdarrach, bhrist e glainne na h-uinneig an toiseach.

Glaodh mhòr an-dràsd' is a-rithist. Agus gàire, mo mhionnan, tha mi cluinntinn gàire.

Nuair a nochd Padaidh air beulaibh an C.O. sa mhadainn cha chanadh e dad ach gu robh e mar Eireannach math ri creidsinn ann an saoghal nan Comannach agus gu robh eagal air nach b' urrainn e tuilleadh a bhith dìleas dhan bhànrigh.

Bha 'n t-uabhas leabhraichean aig Padaidh agus bha e air an leughadh cuideachd agus chaidh aige air òraid mhòr iongantach air an t-saoghal ùr a bha Marx a' gealltainn a thoirt dhan C.O. agus an aidseatant agus an sàirdseant agus mise a bha nam sheasamh ri thaobh mar fhear-coimhid.

Bha Padaidh sìos an rathad mus robh an t-seachdain a-mach. Thàinig e bhruidhinn rium ann am pub shìos am baile. Gheibh thusa às cuideachd, dèan an rud a rinn mise. Bheil thu nise anns a' Phartaidh? Chan eil na bloigh, ann ach Tòraidh, feumaidh duine a bhith ion-dhèanta air a shon fhèin. B' fheàirrde tusa McCarthy, arsa mise, is rinn e lachan gu chùl.

Carson a bhrist thu an cell às a chèile? Gus am biodh airgead agam ri phàigheadh air ais — tha seo ri toirt dhut teans diùltadh peanas an C.O. agus iarraidh cùirt airm, agus ma gheibh thu cùirt airm bidh publicity ann agus faodaidh tu droch ainm a thoirt dhan an t-seirbheis anns na pàipearan-naidheachd. Eagal am beath' aca bhon a seo, ach cha robh feum agam air.

Chan fhaca mi tuilleadh e, ach dh'fhoghlaim mi bho Padaidh gu feumadh duine an lagh a chleachdadh an aghaidh an lagh agus a bhith a cheart cho carach ris, is dìreach is cam a tha 'n lagh, gu sònraichte lagh na seirbheis a tha buileach dùinte.

Ach cha b' urrainn dhòmhsa a ràdh nach robh mi dìleas dhan bhànrigh, oir 's ann dhan rìoghachd aicese a bha mi ag iarraidh tilleadh.

Thàinig fios mu dheireadh thugam gu faighinn saor às an t-seirbheis nuair a bhiodh na h-ochd bliadhna agam a-staigh is cha robh a-nis ach foighidinn a bhith agam gus an tigeadh an latha anns am bithinn saor bho eagal gu robh a h-uile duine gham choimhead agus a' cur umhail orm anns na bha mi dèanamh, ged nach robh mi dèanamh mòran ach a bhith frithealadh nan uairean obrach agus nan uairean òil sa bhàr bheag a bha nise na dhachaigh dhomh. Nuair a ruigeas tu dìreach an t-àite sin far a bheil thu air òl fèir na tha feum agad air, carson nach fhuiricheadh tu aig a sin gun thu a bhith ag iarraidh tuilleadh. 'S e th' ann gu bheil thu airson seòladh a chaoidh air bàrr na suaile. Leis a h-uile nì cho soilleir dhut agus thu tuigse gach nì agus a' toirt maitheanas dhan a h-uile chreutair.

Ach thàinig an latha sin air an robh na h-ochd bliadhna agam a-staigh agus dh'fhalbh an latha sin agus aon fhacal cha deach a ràdh mu dheidhinn mise a leigeadh mu sgaoil. Is cinnteach gu bheil fios acasan, na bureaucrats, is iad cho damaite mionaideach. Is cinnteach nach do dhìochuimhnich iad gu robh iad air gealltainn mise a leigeil às air a leithid seo an latha a tha nise air a dhol seachad? Mura tèid mise a-leigeil saor chan eil teans agam gu lorg mi anns a' chuan seo a' mhisneachd sin a cheadaicheas dhòmhsa mo bheatha a shuidheachadh air carraig a bheir dhòmhsa dòchas ge bith dè a' charrraig tha sin. Is dòcha air taobh eile an t-saoghail a dh'fhàg mi o chionn ochd bliadhna airson an adhbhair a tha mi nise ag iarraidh tilleadh air ais ann?

Chuimhnich mi air Padaidh, is dìreach is cam a tha 'n lagh, is mòran cumhachd a th' aig a' phublicity orrasan a bheir feart air, is cò nach toir?

Ghabh mi làithean dheth gun chead, dol air an deoch leam fhìn, a' coimhead tarsainn a' bhàr dhan sgàthan sna pubs shìos timcheall air a' chidhe, an cidhe sin far am bi na soithichean mòra ri tadhail, a tha a' siubhal bho thaobh eile an t-saoghail, seòladairean is docairean is corra shiùrsach.

Ri dhol AWOL: tha seo a' ciallachadh gum buin do pheanas ri do chuid pàighidh agus gun tèid cead a thoirt dhut an gabh thu peanas an C.O. no an iarr thu dhol air beulaibh cùirt airm, ach cò a dh'iarradh cùirt airm ma gheibh e leis le beagan peanais a' Bhodaich. Fuiricheadh sibhse gus am faic sibh.

Theab am Bodach a dhol às a rian nuair a chaidh am peanas aige a dhiùltadh, march him outside, we'll see about this, agus bha aidseatant is bos an sàs annam airson làithean gus an aontaichean ri peanas an C.O. a ghabhail, ach chan aontaicheadh. Carson a tha thu cho deònach thu fhèin a chuir ann an staing cùirt airm? Is math tha fios agaibh, gheibh mise dirty lawyer dhomh fhìn agus innsidh esan sa chùirt is dha na pàipearan-naidheachd gu bheil sibhse ri diùltadh ur cuid gealltanais a choileanadh agus gu bheil sibh gham ghleidheadh-sa anns an t-seirbheis an aghaidh mo thoil agus an aghaidh na gheall sib' fhèin a dhèanamh, abair gun dèan seo sgeulachd is gun tarraing e còmhradh am measg an t-sluaigh.

Cha robh mi riamh roimhe ri faireachdainn cho treun is cho sona, nach eil mi son a' chiad uair a-riamh air mo làmhan fhìn a chur an sàs na mo bheatha fhìn?

Tha iad agad by the short and curlies, thuirt fear a bha 'g obair shìos aig HQ, is thuirt fear eile gu robh am faidhle agam a' dol bho dheasg gu deasg is làr gu làr, suas is sìos san lift, is nach i tha tiugh?

Chuir an ads. fios orm is thuirt e rium: Dè 'm bàta a chòrdadh e riut a dhol dhachaigh oirre, seall, seo na cairtean siubhail agad. An còrdadh an t-soitheach sin riut? Gabhaidh mise an tè a bhios a' tilleadh an taobh eile bhon an taobh a thàinig mi mach gus am bi agam ri ràdh gun do chuir mi cuairt air an t-saoghal aon uair nam bheatha agus tha mi airson faicinn na daoine donn agus eileanan Tahiti — is ann às a thàinig na daoine donn anns an àite seo agus tha iad ri còrdadh rium glan, an ceòl aca agus an gàire.

Cuiridh mise sin air dòigh dhut, gheibh thu do thicead a-mach às an airgead a th' againn ri thoirt dhut, an gabh thu a-nise peanas an C.O.?

Gabhaidh.

Balaich ri leum nan soithichean. Gàidheil is Goill, sin mar a bha 'n t-àite ud a' faotainn feadhainn dhe na daoine a b' fheàrr. Ri fuireach air tìr gus am biodh an t-soitheach a' dol às an t-sealladh. Ri dèanamh an uair sin air stèisean nam poileas gus am faigheadh iad chun na cùirt cho luath 's a ghabhadh, twenty-eight days inside and you're a citizen.

Ach a-rithist, an ceann bliadhna no dhà, a' fear air an tigeadh an cianalas, an Gàidheal a bha 'g ionndrain na dachaigh, a' tilleadh chun nan cidheachan, am meileòidian an aon làmh, a' mhàileid dhonn an làmh eile, an dùil am faigh mi teans air soighnigeadh air soitheach a tha dol dhachaigh, teans idir, cuideigin agaibh dol a' leum, nach eil, dè do bheachd, leabhar glan agam, am faigh mi dhachaigh oirre?

Ach laghan ùr a' tighinn a-staigh, laghan a tha toirmeasg criutha a thoirt air soitheach ann am meadhan na bhòidse, nach cuala sibh mu dheidhinn an fhear anns an àite seo fhèin a chaidh a chur às an tìr son gun leum e. Fhuadach às an rìoghachd aige fhèin, an cuala duine riamh càil cho diabhalta ris a sin, dè 'n seòrsa lagh tha sin, is dìreach is cam, is cam a tha sin, dè? Thachair e mu thràth, a nàbaidh, anns an àite san do rugadh tu, dha na mìltean.

Cha robh agamsa ri dhèanamh ach a dhol sìos chun a' chidhe is bha mo thicead a' feitheamh rium agus an ceann ùine chunna mi an t-soitheach air an robh mi a' dol a sheòladh dhachaigh a' putadh a-steach ri cala, oir bha i mòr dha-rìribh, mìle bunc oirre. Bha mi air dà mhàileid fhaighinn ach cha robh feum agam ach air a h-aon dhiubh. Cha robh meileòidian agam.

Bha mi a' smaoineachadh gu faca mi poilis na seirbheis a' cumail sùil orm, a' dèanamh cinnteach gun do sheòl mi, nuair a chaidh mi steach air an doras mhòr iarainn na cliathach, smùid a' chofaidh orm.

Thàinig an nurs a-steach dhan chèaban, Theirig suas dhan ospadal agus thèid coimhead riut, chan eil math dhut a bhith gun bhiadh, a bhith ag òl mar sin, thig àm ge b' oil leat a dh'fheumas tu stad agus a dhol tro phian an ais-tharraing, bheir sinn dhut vitamins agus pileachan sìochail gus am faigh thu fois, cadal a tha nàdarrach an àite bhith dol a-mach leis na tha thu ag òl. Chan fhuiling an corp ach na h-uimhir de mhì-cheartas, òg agus làidir mar a tha thu, chan fhada bhios tu mar sin mura dèan thu air do shocair. Na dh'fhuiling thu spàirn sam bith a dh'fhàg thu san staid sa bheil thu?

Dh'fhuiling.

Feumaidh sibh mise a leigeil mu sgaoil an ceann trì latha, bhiodh sinn an uair sin dol a-steach gu Tahiti, feumaidh mi dhol air tìr ann. Cha bhi an teans agam tuilleadh, a chaoidh, a chaoidh.

Nach eil fhios agad gu bheil thu saor a-nis agus nach cuir duine às a seo stad ort. Dèan an rud a thogras tu ach chanainn-sa riut, fuirich san leabaidh sin son grunn làithean eile gun till do neart is do dhòchas. Chan eil Dorothy Lamour ri lorg am Papeete idir, a bhalaich.

Mura robh Dorothy Lamour ri faicinn ann am Papeete, bha gu leòr eile ann a bha smaoineachadh gur iad i, dà shoitheach mhòr a-staigh an aon latha, cò riamh a chunnaic a leithid anns an eilean bheag iomallach tha seo — Ach nach robh sibh riamh a' tadhal oirnn bho thàinig Caiptean Cook is Bligh agus Moireasdan Steòrnabhaigh.

Gabhaidh mise glainne siaimpèan is mo phiuthar an aon rud, thusa pàigheadh air a shon, an cuala tu riamh you pay for the champagne and they drink ginger ale, a bhalaich, is tu chuala, ach chan eil e dèanamh aon lide a dhiofar an-dràsda. Am measg nam mnathan donn deònach gionach nach eil dà sheòladair beag Sasannach ri pògadh a chèile, 's an àite far a bheil teans air feòlmhorachd nach fhaca tu, cò thuigeas e? Dol air bòrd goirid mus do sheòl i 's a' toirt na th' agad de dh'airgead air fhàgail na do phòcaid do chailleach bheag a tha a' baigearachd air a' chidhe aig dà uair sa mhadainn, na spògan aice a' sìneadh riut.

Chan eil gnothaich aig duine sam bith a chaoidh tadhail air àite a tha toirt dha toileachas na inntinn. 'S e am mac-meanmna fhèin as fheàrr agus as fìor, is e am fear glic a bhios toilichte leis, is a mhaireas còmhla ris.

Cnead ort a' dol tro Aviemore às dèidh na naodh bliadhna a chur seachad air taobh eile an t-saoghail, na h-ainmeannan ag èirigh air beulaibh sùil a' mhic-meanmna. Dalwhinnie, Lochcarron, Kyle of Lochalsh, Steisean Oxo son gàire a thoirt ort feuch nach faic duine na deuran.

An t-eilean ag atharrachadh mean air mhean, gun fhios dhaibhsan a tha còmhnaidh ann agus gun àite ann fhathast air do shon no do leithid.

Tè ag èigheach air bòrd ann an Gàidhlig, dùil agad gur e Ungairis a th' aice, a' chluais air falbh bhuat, muinntir sgapte Ungaraidh an-dràsd' an siud 's an seo air feadh an t-saoghail, an teanga aca cho coimheach, cò dhèanadh steama dhith?

Ag òl sa bhaile, dol dhachaigh gu ciontach, a' dùsgadh le nàire ort.

Am faca tu Dòmhnall againne? Chunna mi e nochdadh ann an

doras a' phub (mar taibhse no manadh), tha e dèanamh math, an t-àite còrdadh ris, obair gu leòr, meileòidian aige.

Tha thu nad shrainnsear mar a bha thu riamh.

EARRANN 2

Between the hammers lives on
our heart
as between the teeth
the tongue

'S e Rilke thuirt sin, agus ged nach tuig thu e ach eadar-theangaichte, buailidh e ort is thèid do theanga na glaodh.

Ach is ann riut fhèin, air pàipear. 'S e th' annad ach an Gàidheal.

Bha buaidh na dibhe air d' inntinn is do chridhe is do chorp critheanach a' mhadainn dhòrainneach a thuig thu, airson dìreach diog, gu dè bha Van Gogh a' faireachdainn nuair a gheàrr e dheth a chluais son a toirt do shiùrsach, bha e mar gu spìonadh tu flùr air machair son a toirt do nìghneag neo-chiontach air latha May holiday.

Carson a dh'fheumas gach nì thighinn thugad bhon t-saoghal mhòr a-muigh tro mheadhan na Beurla, an cànan sin as fhaide bho cridhe is teanga?

Tha thu nad shuidhe air being air an t-sràid, tràth sa mhadainn, tuil uisge a' gabhail dhut, daoine ri dol seachad gu an cuid obrach, boireannaich, e air drùdhadh ort, thu sòbar gu leòr airson gu fairich thu tàir riut fhèin, aon uair eile. Chuir i mach thu, thoir an t-sitig ort, duine a seo dol ghad fhàgail a-staigh leat fhèin, eil nàire ort?

A h-uile duine a' coimhead orm.

A' Chiad Cheum: Dh'aidich sinn nach robh smachd againn air alcol — gu robh ar caitheamh-beatha a-nise neo-cheannsaichte. Dh'aidich mi nach eil smachd agam air alcol agus gu robh mo bheatha gu math troimh-chèile, is cinnteach gun deach do chur dhan t-saoghal seo airson rudeigin anns a bheil brìgh no feum a dhèanamh, càit a bheil do mhisneachd, nach eil thu mar Ghàidheal cho math ri duine aca?

Dè nì mi?

Na òl deur alcoil an-diugh.

Dè mu dheidhinn a-màireach?

Na gabh dragh ach son na mionaid sa bheil thu.

Dud eile?

Leugh na Ceumannan agus feuch orrasan ris an gabh thu, tha fad do bheatha romhad, ach na òl deur alcoil an-diugh, sin agad an Aithne a leanas tu.

Glainne fìon na Nollaig an asgaidh air a' bhòrd, rud nach do thachair a-riamh.

Obair an t-Sàtain?

Cha do bhlais thu oirre, a' chiad cheum. Is iomadh duine a ghabhas pile airson misneachd ach chan eil thusa dol a ghabhail pile, cha do bhàsaich duine a-riamh le dìth a' chadail.

Pileachan nan caorach.

Na daoine air a bheil eagal ro dhaorach a' mhic-meanmna, am breisleach sin a thig ort tro meadhan na h-ealain, is iad na daoine is dualtaich a dhol an sàs anns na drugaichean a thig à botal no steallaire no pile.

Na biodh eagal ort. Rùnaich fèin-fhiosrachadh agus bidh tu air an t-slighe gu fèin-fhìreanachadh.

Nach sgrìobh thu, nach robh thu riamh air a shon, dè chuir stad ort, chan eil leisgeul agad a-nis. Bheir sùil a-steach nad inntinn fhèin gun fhios nach fhaic thu rudeigin a nì feum dhut, seachain an sealladh tro thòin na glainne.

Tha e an-diugh na fhasan aig sgrìobhaicheean a bhith ag innse dè tha tachairt mar gum b' e iad fhèin a bha am meadhan na sgeòil is gur ann tro sùil is inntinn an sgrìobhaiche fhèin a tha h-uile nì ri fhaicinn.

Chan eil fìor ach an rud a chunnaic 's a dh'fhairich thu fhèin. Dhutsa.

> Tha ròs a' fàs air drisean geur
> 'S an taic a chèil' tha mhil 's an gath.

Is math a thuirt thu, a Dhùghaill Bhochanain, ged nach fhac thu Leòdhas riabhach a-riamh.

Ach gu dè na gnothaichean air am bruidhinn thu? Ciamar fo shealbh a tha thu dol gan taghadh? Tòcadh, taghaidh an tòcadh iad agus ma nì e feum dhutsa a bhith cuimhneachadh orra is dòcha gun còrd iad ri càch? Feumaidh sinn a bhith ag aithris co-dhiù, nach fheum? Dùin do shùil agus 's dòcha gu faic thu ìomhaighean agus ma ghluaiseas na h-ìomhaighean sin do chridhe nach feuch thu rin sgrìobhadh sìos air an duilleig gheal le làmhan geala tana caola.

Feumaidh tu sa chiad dol a-mach an ego agad a chuir chun an dara taobh, an ego sin a bhios na shuidhe air do ghualainn a' coimhead sìos air an rud a tha thu sgrìobhadh. Lasaich thu fhèin, socraich thu fhèin, fuasgail thu fhèin. Sgrìobh sìos facail, facail a dhealbhas ìomhaighean, na h-ìomhaighean sin a tha thu faicinn na do cheann, na h-ìomhaighean sin a bheir Ise dhut. Math no dona 's gu bheil na h-ìomhaighean, is ann leat fhèin a tha iad.

Nuair a thèid agad air, 's e togail inntinn mhòr a th' ann agus bidh sinn an dòchas gun dèan e togail inntinn do dhaoine eile mar an ceudna nam measg-san a bhodraigeas na faclan agad a leughadh.

Nuair a bhios tu faireachdainn ìosal, làn depression, an dùil an e gu bheil d' inntinn ga do tharraing air ais chun na dòigh smaoineachaidh a bh' ann san naodhamh linn deug? A h-uile nì cho cruaidh is cho cinnteach agus cho ceart, freagairt soilleir son a h-uile ceist a dh'fhaighnicheadh mac an duine. Sin an dòigh san deach ar togail, ach tha thu an-diugh a' tuigse nach ann mar sin a tha, chan ann air creag a tha do chasan ach air ràth. Seòl i.

Rùm beag dhut fhèin, àite glan gun guth air deoch, àite ùr anns an tòisich thu às ùr. Beart beag sgrìobhaidh am meadhan a' bhùird, pàipear geal na phasgan an dara taobh, am muga mòr son a' chofaidh dhuibh, pacaid Gauloises ri làimh, nach e an Gauloise toit an sgrìobhaiche?

Padaidh eile anns an taigh, nach eil iad sa h-uile àite, fèir mar na Leòdhasaich. Thugainn, arsa Padaidh, thèid sinn sìos do rùm an Eireannaich Fhrangaich — tha esan shuas sa West End — gus am faic sinn dè na sgriobtaichean air a bheil e ag obair an-dràsda, chan eil rian nach tug e leis iad à Paris a-nall a Lunnainn, agus na deilbh-chluich aige mu dheireadh a' faotainn an dèanamh air stèidsichean an t-saoghail — stèids, nach fhaca mi san theatre e, duine glas le sùilean geur, iob agam an-dràsd air cùl stèids, thuirt mi riutha gun dèanainn saorsainneachd, gu fàbharach chan eil mòran ri dhèanamh a thaobh dreach son dealbhan an duine seo.

Cò an sgrìobhaiche mìorbhaileach tha seo, ars thusa, nach eil Sam an t-Eireannach a chaidh na Fhrangach, duine iongantach, nach eil sinn math air sgrìobhadh, sinne, na h-Eireannaich, cò sgrìobhas coltach rinn?

Ge-ta, 's ann sa Bheurla chruaidh a tha sibh a' sgrìobhadh, chan ann sa chànan agaib' fhèin.

Rinn sinn Beurla dhuinn fhìn is tha nise Sam air Frangais a dhèanamh dha fhèin, cò sgrìobhas coltach ris na Ceiltich? Agus tha e fuireach anns an dearbh thaigh tha seo? Fhad 's tha e bhos son an ro-aithris, rùm aige fèir shìos fodhad, chan eil fhios nach bi feum aige air iasad dhen a' bheart agad.

Tha mi 'n dòchas bho Dhia nach bi.

Dol a-steach do rùm an ùghdair mhòir air cùlaibh Phadaidh, an dithis air an corra-biod.

Padaidh a' slaodadh a' phoca trealaich a-mach fon leabaidh, gu dè na sgeulachdan is na dealbhan-chluiche annasach nach fhaca duine eile a-riamh a th' anns a' chèis seo? Nach ann oirnn a tha am meatair, dol mar mhèirlich a-steach do rùm srainnseir a choimhead dhan a' phoca aige? Gu dè 'm mì-mhodh tha seo, ach chan eil ann ach an sgrìobhaiche agus is ann dha na h-uile tha ùghdar dol an sàs, aig a' cheann thall.

Siuthad, fosgail e.

Càrn de phacaidean gorm sa chèis aig Sam. Càrn Gauloises, tha e doirbh a chreidsinn dhòmhsa, ach 's e sin a th' anns a' phoca aig Sam. Càrn Gauloises.

Thàinig e orm aig bonn na staidhre a-rithist agus thug e sùil gheur orm. Gu fortanach, cha tuirt e facal agus an ceann làithean thuirt Padaidh gun deach e dhachaigh, gar bith càit an robh an dachaigh aige.

Pacaidean gorma Gauloises. Sin agadsa fag an sgrìobhaiche. Gun teagamh sam bith.

Ag obair sa bhanca sin far an robh Niall còir an sàs mus do sgrìobh e na leabhraichean a thug moit is togail dhan Ghàidhealtachd agus do dh'Alba, an creideadh duine e? Gun fhios nach ann aig an dearbh dheasg fhada fhiodha a tha seo a bha e na shuidhe, an dearbh bhotal inc 's am peann seo aige, e a' dèanamh a dhìchill son cosnadh am beagan air an robh feum mus deigheadh e dhachaigh feasgar do rùm beag son tòiseachadh air an rud a bha cunntadh, dèanamh na h-obrach a bh' aige ri dhèanamh, an dleasdanas sin airson an tàinig e dhan t-saoghal. Chaidh e rithist a Leòdhas agus dh'innis e ann an leabhar cho diadhaidh 's a bha na daoine, an dùsgadh a bha nam measg, an dèidh cogadh, is bàthadh, is fògradh, an cridhe thoirt asta. Leabhar mu dheidhinn iasgach an sgadain, ged a bha sin fhèin air a dhol à bith.

Ach dh'fhalbh iad leis na botail inc agus na peannan stailinn agus thug iad a-steach coimpiutairean.

An Dara Ceum: Tha Cumhachd ann nas motha na thusa agus bheir E chum gliocais thu.

Tha coinneamh a h-uile h-oidhche am badeigin agus thusa mar Tormod Sona ghan tadhal, Leabhar London Transport nad làimh.

The deich Ceumannan eile agad, ged nach eil thu deònach ach air a' Chiad tè.

Nì a' Chiad tè an gnothaich an-dràsda. An àite blasad air deoch led bheul, nach blais thu led theanga air pàipear geal mar anart.

Is e tinneas a th' ort, a nàbaidh, tinneas. Chan eil mi gha do chreids, tha fhios a'm gu bheil mi ciontach, na rudan suarach a rinn mi, imich air mo chùlaibh le do chuid leisgeul.

Feuch mus tèid thu air an t-seacharan, is gun agad ach an aon Cheum.

Ciamar a choinnich thu ris an tè seo bho thaobh eile na Roinn-Eòrpa, dè bho thalamh a tha i dèanamh san rìoghachd seo, dè ach tè a shadadh air tìr leis a' chogadh. Innsidh mi dhut mu dheidhinn a' mhaoir-coimhid, boireannach bàn, a thug na h-Ameireaganaich dhòmhsa son a ceasnachadh, mi air an cànan aice ionnsachadh sa champa, cheasnaich mi is cheasnaich mi a' bhrùid, gus an do bhrist mi an spiorad aice, agus dh'aidich i, is math an airidh, a' bhids, tha mi creidsinn gu robh ise air lampa a dhèanamh dhe mo chraiceann-sa nan robh i air grèim fhaighinn orm mus d'fhuair mi saor, is e an cànan a rinn an gnothaich dhomh, is dh'aidich i.

Fear ri fuireach anns an aon taigh a tha bòstadh gu robh e na phoidhleat air Messerschmitts anns a' chogadh, ged nach eil e aosda gu leòr, shaoileadh tu, bheir toigh ort fhèin, chan eil na daoine seo fallain, chan eil cothrom ac' air, ach bheir thusa toigh ort fhèin, amadain, theirig chun na coinneimh a-nochd.

Eachdraidh fhèin aig gach neach, fìor no breug, feumaidh eachdraidh fhèin a bhith aig a h-uile duine.

Agus iad uile feumach air èisdeachd riutha, agus tha thu math air èisdeachd, nach eil, b' fheàrr leam gu falbhadh an donas sin le chuid Messerschmitts, agus tha e falbh agus gar fàgail nar n-aonar.

Tha thu nise còmhla rithe, fhuair thu eòlas air an Roinn-Eòrpa ach dìolaidh tu air nuair a thig an t-àm, am measg na tha seo de dh'àmhghair tha fhios gun tòisich thu air òl a-rithist, cha tuig thus' e, so-leòntachd an alcolaig, ach dè tha sin an taca ri tè a bha ann an concentration camp, nach e sin a tha i ràdh?

Bliadhnaichean bho latha nan campaichean is na Messerschmitts ach eachdraidh fhèin aig gach duine, agus feumaidh iad a bhith ga h-innse gus an latha a thuigeas iad dè tha i a' comharrachadh 's a' ciallachadh.

Dèanamh amadan dhìot fhèin fèir man duine a' dol an sàs ann an dealbh-chluich, dealbh-chluich ga dhèanamh air do bheatha fhèin, ag actadh na dràma sin man gu robh cuideigin eile ga sgrìobhadh dhut, seall orm, cho tragic 's a tha mi, mise, alcolaig, seall orm, nach seall sibh orm, seall a' ghlainne na mo làimh, làn puinnsein, chan e deoch ach puinnsean dhòmhsa, puinnsean, agus an donas duine agaibh a shadas bhuam i, carson nach toir sibh orm a' ghlainne seo a thilgeil fad mo làimh, carson nach toir sibh co-fhaireachdainn agus maitheanas dhòmhsa a tha nam pheacach, nam alcolaig.

Dè Ghàidhlig a chuireas tu air an fhacal tragic?

Cha ghabh tragedy a sgrìobhadh tuilleadh, sin a tha iad a' ràdh, na sgoilearan mòra, tha sinn cho smart an-diugh, eil fhios agad?

Ach tillidh sinn chun dealbh-chluich, sìos an t-sràid sa mhadainn leis a' cheas làn leabhraichean son an reic, bheir dhòmhsa airgead air na leabhraichean seo a chruinnich mi cho dìcheallach, gus am faigh mi deoch a bheir cobhair dha mo bhodhaig is m' inntinn, seall air an fhear seo, biast mhòr de leabhar leathair dearg a thàinig à Canada a thug m' athair dhachaigh, creid e, leabhar-là Shakespeare, cha dùraig dhomh am fear sin a reic ach bheir sibh dhomh iasad airgid air, nach toir, iasad son deoch, an t-alcol a bheir mise sàbhailte tro Latha na Sàbaid.

Bheir mi dhut not air na leabhraichean beaga ach chan fhaigh thu iasad idir, cò bheireadh iasad airgid seachad air leabhar, bheir leat dhachaigh Shakespeare mur eil thu son a reic, chan eil?

Cò tha sgrìobhadh an deilbh-chluich seo?

Ach tha deireadh aig gach sgeul agus aon uair is gun greimich duine ris a' chiad cheum, thèid aige air tilleadh thuige, faighinn air ais gu saoghal a' ghliocais, ma bhios e fortanach.

Chan eil saoghal a' ghliocais ach gun mhisneachd ge-ta, mura greimich duine ri rudeigin a bheir dha toileachas agus togail inntinn, leithid creidimh no ealain.

Sad na leabhraichean sgoile sin dhan bhin agus theirig a-mach a-rithist air an t-sràid agus bheir a-steach an seo leabhar dhut fhèin, leabhar le duilleagan glan, geal, falamh, agus lìon iad le facail, tha a leabhar fhèin aig gach duine.

Dè th' agad an seo? Nach cuala tu sin aig do sheanmhair, nach mìorbhaileach an leabhar a bhiodh agad nan robh thu air èisdeachd ris na bh' aice ri ràdh aig deireadh a latha. Na chual' thu aig d' athair air a' chogadh, air Canada, bho do mhàthair mu dheidhinn New York. Sgeulachdan nam bodach: Shìos ann an sin, air an dearbh sgor air a bheil thus' nad sheasamh, is ann a bhuail i, fhuair iad corp Iain thall an sin air an tràigh, bha reothart ann, casruisgte, gun bhòtannan, dh'fheuch e air an t-snàmh.

Cuir dhìot do bhòtannan.

Tha fhios gur e fiction a bhios anns na sgeulachdan eachdraidheil sin a chual' thu aig an taigh, chan eil rian nach e fiction a bhios ann an rud a thèid a sgrìobhadh 30 bliadhna às dèidh dha innse dhut agus bliadhnaichean mòra a bharrachd bho ghabh iad àite.

Bidh agad anns na sgeulachdan sin, chan e mhàin na h-atharrachaidhean a chuireas do chuimhne fhèin annta agus na h-atharrachaidhean sin a rinn an cuimhne-san a dh'innis na sgeulachdan ach nas motha na sin, nach bi na h-atharrachaidhean a chuireas d' inntinn neo-fhiosrach annta, an eileamaid sin a tha gleidheadh na sgeòil gu dìomhair, ri cur ris gun fhiosd dhut, man a tha e cur ris an sgeulachd aig a h-uile duine a tha beò, ag ullachadh fiction a-mach às gach nì a chuala tu no rinn thu agus, math dh'fhaodte, bàrdachd.

Dè am biadh as fheàrr do dhuine a tha air e fhèin a dhùnadh ann an rùm beag gun ann ach beart-sgrìobhaidh agus leabaidh? Hama agus uighean is leiteis is aran donn. Teatha agus Gauloises son do chridhe a chumail suas. Tha thu fad' air falbh bho shaoghal do shinnsearachd ach 's e an t-astar sin a tha toirt dhut an teans an sgeul ac' innse, feumaidh tu astar.

Agus feumaidh tu airgead airson pàigheadh airson an rùm, a hama, na h-uighean, an leiteis, an teatha agus an tombaca dubh.

Ag obair tron an latha am measg phàipearan a tha tighinn a-steach bho shoithichean a tha a' siubhal air feadh an t-saoghail, gan deasachadh son an cur air a' choimpiutair, thu fhèin agus Padaidh eile, agus fear às a' Phòlainn, tha sibh nur triùir air eilean beag annasach air leth am measg nan Sasannach.

Nach iongantach an rud e, gun tuig Eireannach no Pòlainneach sa mhionaid thu is nach tuig càch idir thu?

Chan eil an latha a' tòiseachadh ceart gu feasgar, an riasladh.

Ach chan e sgrìobhadh a-mhàin faclan.

Ged nach robh cothrom aig do shinnsearachd air peant agus canabhas (ach an canabhas sin fon siùbhladh iad), tha fios gu bheil tarraing do Ghàidheal sam bith aig dealbhannan, na dealbhannan dathach peantaidh sin a bhithear ri crochadh air ballachan, is cinnteach gu robh an leithid againn, aig cuideigin, uaireigin, 's am mac-meanmna cho beòthail ìomhaigheach, ged a tha clach air a snaigheadh againn fhathast, tha fhios gur e cruas na cloiche sin a dh'adhbharaich gun do sheas i, dh'fheumadh tu bhith cruaidh son gum maireadh tu beò, ciamar bho ghrian a bha peant is canabhas dol a shàbhaladh?

O, thàinig iad a-steach oirnn anns na bliadhnaichean a dh'fhalbh, iad a' ceannach aodach tartain ann am bùth air Regent Street agus a' sgeadachadh clann-nighean shnasail Shasannach son dealbh a pheantadh dhaibh no a' cur breacan air fìor Ghàidheil a chaidh a thaghadh aig tuath mar gun grèidigeadh tu damh, son a chur sìos deas gus an dèanadh peantair dealbh dathail tartanach mar chomharra air dòigh-beatha nach robh riamh air talamh tròcair bho linn Oisein.

Tha e math air Disathairne, thu nad shuidhe air cathair leathair leathainn, bhog, a' coimhead air na dealbhanan crochte air na ballachan mu do choinneamh, an luchd-coimhid mun cuairt ort, cho bàidheil, dòigheil, sàmhach mar gum biodh sibh anns an eaglais. An dà dhealbh seo crochte le chèile taobh ri taobh mar peathraichean.

Tha fios gur e Vincent a rinn iad le chèile, seall orra, an aon ghleus ri fhaicinn, nach eil, sgrìob na bruis a' siubhal na cearcallan, na dathan a' snìomhanaich air a' chanabhas, far am faic thu mullaich dhearg mheirgeach nan sabhlaichean san dara fear agus na dathan buidhe-uaine a' measgachadh san fhear eile, sìth air d' anam is do shùilean a' seòladh bho dhealbh gu dealbh is an còrr dha do chorp aig fois, cho sèimh, cho slac, cho coibhneil 's a tha thu faireachdainn ris an duine seo!

Cha robh a leithid companais seo agad a-riamh ri duine beò is tu timcheall air na glainnichean dol mun cuairt san t-saoghal mhòr a-muigh, cha robh a-riamh. Nach tug e chluais do nìghneag, an duine neo-chiontach. Vincent. Eiridh tu agus thèid thu suas thuca, an dà dhealbh nas lugha nuair a thèid thu ro fhaisg orra, chan eil iad a-nise cho coltach ri obair an aon làimh is a' mhic-meanmna, a bheil?

Tha fios math nach eil, is carson? Chaidh an dara fear a dhèanamh le Vincent, ceart gu leòr, ach cò dhealbh am fear eile? Cò dhealbh ach Padaidh air choreigin, Ruairidh O' Connor, an creid thu gu robh esan ri peantadh cho coltach ri Vincent no an e a th' ann nach aithnich thu obair làimh nuair a chì thu i?

Chan eil e gu diofar, tha e ag innse dhut a' bhuaidh a th' aig foillseachadh, publicity, air do mhac-meanmna. Tha fhios aig an t-saoghal air Vincent ach cò riamh a chuala mu Ruairidh còir?

An e gun do sgrìobh Vincent na Litrichean aige is gu bheil iad againn an-diugh ann an leabhar, faclan is smaointean? Buaidh aig an fhacal os cionn gach nì, a bheil?

Dealbhadaireachd ann no às, cha dèan thusa peantadh a-nis co-dhiù, cha d' fhuair thu e nad òige, san eilean ghlas, tha cho math dhut fuireach aig an fhacal agus foghlam gach nì as urrainn duine a dhèanamh leis/leatha, 'n ann fireann no boireann a tha am facal, a bheil e gu diofar aig deireadh an latha?

Anima no Animus
Ars an t-Oganach
Fàg air taobh
Am bodach mòr

Ri bruidhinn air bodaich, nach iad a thug dhut toiseach tòiseachaidh do sgeul is d' eachdraidh — mura b' e, cha b' e sgoil. Dè cho fada 's a th' ann bho chaidh Calum Beag às an rathad? Dè bhliadhna a bh' ann? A bheil e gu diofar, chan eil agad ach a dhol rudeigin faisg air gus beachd a thoirt dhan duine a leughas e mu thimcheall dòigh-beatha aig àm sònraichte, canaidh sinn 1850 — nach e na 1860s a b' fheàrr, nach fhaod thu nuair sin ràdh mar fhear naidheachd 100 bliadhna bho chaidh mac mo shinnsir às an rathad is iad air an t-slighe dhachaigh à Wick, feumaidh mi am facal Wick a chleachdadh, cha dèan Uig an gnothaich idir, 's e am facal Wick anns a bheil na reverberations.

Bha am Boy Delight a' slaraigeadh tron a' Chaolas Arcach, a' ghaoth às a dèidh, srann aig na ròpan le gaoth an ear, an seòl gu teann, sinn a' dol dhachaigh a bhuain an eòrna an àite dhol a Shasainn, Calum Beag aig èirigh 's a dol gu toiseach, thug an seòl a-mach e, an t-aodann aige a' seòladh shìos fodhainn is mi aig an stiùir, cha tuirt e smid, cha deigheadh agam air a cur mun cuairt, ann am priobadh na sùla cha robh sgeul agam air Calum.

Nuair a nochd i steach dhan an Loch a Tuath, dh'aithnich bean Chaluim i agus thòisich i air ullachadh biadh dhaibh, chaidh i chun na feannaig eòrna, bhuain i ultach, shuath i an sìol dheth le casain, bhleith i e agus rinn i bonnaich air an coinneamh, nach robh iad nan seasamh ris an teine nuair a bhuail i an cladach, is ise romhpa leis a' chliabh.

Nach cuir thu sin ann am Beurla gus an tèid againn air a thuigse? Gus an tèid aig na Goill air a leughadh gus an aithnich iad cho tapaidh 's a tha sinn.

'S a bha sinn.

Feumaidh iadsan a tha aig an taigh, a dh'fhuirich aig an taigh, feumaidh iad gabhail ris, gu feum daoine eile, an luchd-ealain aca, àite a thoirt dhaibh anns na tha iad a' sgrìobhadh, a' filmeadh, a' peantadh, 's cinnteach gun gabh iad ris a' bhàrdachd agus feumaidh an luchd-ealain a bhith a' còmhnaidh anns an àite fhèin, feumaidh iad fuireach aig an taigh agus an cuid obrach a dhèanamh aig an taigh, coma co-dhiù, fanaid no fearg. Tha coimhearsnachd nach urrainn gabhail rin cuid luchd-ealain, a tha a' diùltadh sealltainn dhan an sgàthan a thathas a' toirt dhaibh, tha an cultar sin dol a bhàsachadh.

Tha e furasta gu leòr dhutsa sin a ràdh, is tu nad sheasamh an teis-meadhan Phiccadilly, sùil an t-saoghal a rèir nan Sasannach.

Ach feumaidh sinn tilleadh chun nam bodach ge b' oil leinn. Agus chan e Freud idir— fhathast co-dhiù. Cò am bodach bu mhotha a rinn buaidh air do dhaoine na Mac an t-Srònaich? Mura biodh Mac an t-Srònaich ann it would have been necessary to invent him, mar a thuirt am Frangach mòr as-creidmheach, agus cha b' ann sa Bheurla a thuirt e sin nas motha. An dùil dè bha Hume air a ràdh mu Mhac an t-Srònaich, sin an seòrsa ceist as fhiach do dhuine a bhith ga faighneachd, nach e?

Chan eil na sgeulachdan a th' againn air Mac an t-Srònaich, a' chuid as motha aca, chan eil iad air an cur an òrdugh, air an sgioblachadh, crìoch ealanta air a chur orra, chan eil catharsis ri lorg annta, nuair a leughas no chluinneas tu iad. Cha deach aig na Leòdhasaich air dràma a dhèanamh dhiubh, an deach? Ach dè as coireach — carson nach deigheadh ealain a dhèanamh aig mac-meanmna nan daoine air na sgeulachdan iongantach seo? An e gu robh a leithid de dhuine ann is gu bheil an fhìrinn a' gabhail buaidh air na sgeòil, gu bheil iad ro fhaisg oirnn fhathast? No an e gu bheil eagal oirnne, na Leòdhasaich, bhon dràma, nach gabh sinn ri sgeul dhùinte, chrìochnaichte oirnn fhìn? Ach gu dè na th' annta de dh'fhìrinn, cò chreideas gun do mharbh e naodh duine deug agus am ficheadamh fear is e air a' chroich? Nach e sgeul chrìochnaichte a tha sin? Bha am bàs na dhùnadh sgiobalta air sgeòil a-riamh. Saoilidh tu gu bheil tuilleadh a bharrachd ealantais anns na sgeulachdan air Mac an T a th' aig muinntir na Hearadh. Esan na bhodach dubh a' siubhal air mòintich fhiadhaich ar mic-meanmna, dud a tha e a' minigeadh?

Chan eil ann am Mac an t-Srònaich ach Bogeyman a bh' aig muinntir an eilein, mar a bha am ministear is am baillidh an àiteachan eile. Abair gu robh e feumail airson a bhith crochadh mu amhaich gach nì dona is dorch a thachradh anns an àite. Chan eil targaid cho soilleir ris againn anns an là an-diugh ann, tha na bureaucrats fo sgàil; nas motha na tha guth air an Rothach a thàinig a-steach às a dhèidh. Nach iongantach nach eil uimhir a sgeulachdan againn air an Rothach, ged as esan am fear a rinn ar sgriosadh, is cha b' e Mac an T. Cha do mharbh an Rothach daoine nan corp ann, cha robh esan a' murt ach an spiorad. 'S e am bàs a nì sgeul.

Bha Bodach na Mòintich às ar dèidh airson iomadach bliadhna, e cho borb, cho làidir, seall an dà ghualainn a th' air! Cho fireann, sin agad pàirt math dheth, cho fireann, cha robh boireanntas a' gabhail ris agus 's e seo an rud a b' fheàrr dha Mhac an t-Srònaich, cho fireann 's a bha e, cho làidir, sinne gun chumhachd air, cha dèanadh sinn càil dheth.

Ach aon bhoireannach a stoig an cù ann. Sin an latha a thòisich Mac an T a' sìoladh air falbh, an latha a stoig boireannach às an Rubha an cù ann.

Ged as e a' mhòinteach a bha gleidheadh Mhic an t-Srònaich, is e mhòinteach cuideachd as t-Samhradh àite nam mnathan, a-muigh leis a' chrodh, peilichean bainne is miasan làn bàrr.

Nad shuidhe aig a' bheart anns an rùm ag èisdeachd ri srann na trafaig dol seachad air an rathad gu Heathrow air an tig Yuri Gargarin, e fhèin is an cù. Falbh nan coinneamhan air feadh baile mòr Lunnainn, duine gun ainm ag aideachadh nach eil cumhachd aige.

Dol sìos gu ostail nan Sallies le duine son a chur dhan a' leabaidh. An gabh sibh e? Gabhaidh sinne duine sam bith, ge bith dè 'n staid sa bheil e. Gum bu sibh na Samaritanaich, a thogas a-steach bhon rathad mhòr iadsan a tha càch a' coiseachd seachad oirre.

Ach daoine spaideil aig na coinneamhan cuideachd nach eil ga do thuigsinn, nach eil thu tuigsinn.

Thig ministear a chèilidh ort san rùm bheag, òlaidh e cofaidh a' croga silidh. Chaidh d' ainm a thoirt dhomh is d' address san eilean, an t-eilean nach eil cho fad' air falbh 's a shaoileas tu, 's a dh'iarradh tu, 's a bha dùil agad.

Chan eil ach aon bhàta eile a chaidh nas doimhne nar cridhe na Metagama, cha leig thu leas ainm a chur oirre an-dràsd', mur eil an t-eun ud fighte nad inntinn is nad mhac-meanmna gu seo chan urrainn càil a chanas duine sam bith atharrachadh a thoirt ort a-nise, tha fhios gun tèid i às ar cuimhne ach cha tèid fhathast.

Theab an dà bhàt' ud cur às dhuinn buileach glan ach thàinig piseach mu dheireadh, chan eil fhios nach do neartaich iad sinn aig ceann an latha, nach iongantach gur e bàtaichean a dhèanadh oirnn e, chan eil e iongantach idir, oir nach e eileanaich is maraichean sinn?

Cha mhòr nach gabh sinn ris an-diugh gu robh gu leòr dhiubhsan a sheòl air a' Mhetagama glè dheònach air falbh, toilichte a bhith cur cùl rinn ann an seo, o ri fàgail an eilein le an teanga fom fiacail 's a' phìob a' rànail is gleoc an Town Hall a' dol a-mach à sealladh, ach nach do thionndaidh iad a-rithist le toileachas agus na sùilean aca ruighinn air Canada, dè mu dheidhinn fear Tholastaidh a dh'fhàg òrdugh an taigh dubh a chur na smàl gus am faiceadh e an lasadh anns an dol seachad, sin an duine a b' fheàrr a fhuair air a chuid faireachdainn a chuir an cèill, tha fhios gun deach gu math dha, nach do thill esan tuilleadh, ged a thill feadhainn, le cuideachd nan cois.

Nach lorg thu na 's urrainn dhut dhe na dh'fhuiling do chuideachd is do dhaoine mus robh thu idir ann, nach cagainn thu e is nach cnuasaich thu air, gus an dèan e todhar nad mhac-meanmna, gus am brùchd feannagan lom a-rithist, mura tuig thu na gabh dragh fhad 's a bhios faireachdainn agad, na deòir air cùl do shùil gad thoileachadh.

Cofaidh dubh is Gauloises, b' eòlach do sheanair air, ach bha beart aig do sheanmhair.

'S e an camara an t-inneal as iongantaich a chaidh a chruthachadh, on latha a thòisich daoine ri cur sìos an sgeul, an dùil nach e? Smaoinich agus seall agus beachdaich air na mìltean de dhealbhan a chaidh a thogail dhuinn o chionn 150 bliadhna, chan eil teagamh nach eil ar n-eachdraidh air tur-atharrachadh leotha, chan eil an dealbh dhut idir mar a tha 'm facal, an sealladh a' bualadh ort san diog sa bheil thu, gach nì san dealbh na do shùil còmhla, an àite a bhith air a chur sìos ann an sreathan sgrìobagan neònach a dh'fheumas tu a chagnadh na do cheann na do dhòigh fhèin mus dèan thu ciall dhiubh.

Seall air an nighean sin, canaidh sinn gur e Anna a tha oirre, air latha sònraichte ann an 1923 air cidhe Steòrnabhaigh, na costume glas, a màileid dhonn (nach e?) na làimh a cheannaich i am bùth Sheumais an latha roimhe, i toirt sùil gheur ort, a cas a' bualadh air a' ghangway, a bròg cho bruisichte is na liosairean cho teann, an ad oirre a bha mu ceann san eaglais Latha na Sàbaid, i falbh a Chanada is 242 de bhalaich Leòdhais a' falbh còmhla rithe, gun dùil riutha tilleadh tuilleadh, iad mar gu robh iad air bàsachadh dhaibhsan aig an taigh, a' phìob a' rànail às an dèidh.

Nach iomadh nighean mhath a dh'fhàg a' Ghàidhealtachd a-riamh, ars thusa riut fhèin, is tu coimhead orrasan nam mini-sgiorts mu do choinneamh air an Tube, ach dè mu dheidhinn nam boireannach a thàinig a-steach, a' sireadh taibhse no fonn a chuireadh seachad an tìde dhaibhsan a bha còmhnaidh anns na taighean mòra a chì thu air cùl Harrods, mas dùraig dhut a dhol sìos na sràidean spaideil sin.

Sgeulachd bho fhear às a' bhaile agad fhèin mar a phòs dithis pheathraichean gu taobh eile a' bhàigh, cò 'm bodach a thug i do Dhòmhnall anns na làithean sin mus robh e fasanta a bhith sgrìobhadh 's a teipeadh na bh' aig na bodaich ri ràdh: bha dà phiuthar sa bhaile againn agus bha an tè òg uabhasach brèagha ach cha robh i cho dèantanach ris an tè bu shine, a bha car grànda na gnùis. Thàinig am fear seo bho thaobh thall an loch agus companach na chois, agus pigidh, a dh'iarraidh na peathar bhrèagha air a pàrantan, ach fhreagair a màthair: Chan fhalbh a' bhanachag ron bhuachaill. Gun an còrr a ràdh, thog na balaich orra air ais dhachaigh, ach bha muir-làn ann a-nis, agus thàinig orra feitheamh ris an tràigh. Thòisich iad, gu nàdarra, ag òl às a' phigidh, gus am biodh dreach air choreigin air an turas. Sin an uair a thòisich an companach a ràdh ri fear na suirghe gur e bha gòrach nach do dh'iarr e an tè ghrànda chionn is gum b' i bargan fada na b' fheàrr airson cho gnothaicheil 's a bha i. 'S e bun a bh' ann gun do thill do liagh gun tuilleadh dàil a dh'iarraidh na tè ghrànda, agus fhuair. Ach goirid às dèidh sin, is ann a chaidh an companach e fhèin a dh'iarraidh na tè bhrèagha agus fhuair, agus sin mar a chaidh an dà phiuthar gu taobh thall an loch and they lived happily ever after, chan eil sin san sgeul idir, 's e th' ann sgeulachd mhath Ghàidhlig, a ghabh àite sa bhaile againn fhìn, is a tha fìor, nach eil, mas breug thugam i, is breug bhuam i, fiction?

Billboards nas motha na na taighean dol eadar thu 's an t-adhar, glainne leann a tha 20' 0" a dh'àird, an cop oirre mar suaile a' bristeadh air cladach geamhraidh, biast de bhanana leth-rùisgte, seall a' bhan-athach bhàn sin, a beul fosgailte gun sgur.

Carson bho shealbh nach eil billboards ann le sanasan mòra ag innse do dhaoine cho damaite 's a tha e a bhith nad thràill a' mhionaid a chuireas tu alcol na do bheul, g' eil còir aca am puinnsean sin a sheachnadh gu tur, gus glanadh corp is inntinn, son gu fairich thu nad chuislean, nad chridhe is na do cheann an toileachas agus an spionnadh a thig nuair a sheachnas tu an druga choimheach cham a tha ga do sgrios.

Chan èisd iad riut, a bhròinein, chan eil e gu math sam bith dhut a bhith a' smaoineachadh gun dèan thu miseanaraidh dhìot fhèin air a' chuspair sin, gabh gach latha mar a thig e, suidh sìos aig a' bheart-sgrìobhaidh gach feasgar ach a-mhàin air an fheasgar sin nuair a thèid thu mach chun na coinneimh, 's e bhith sòbar a' chiad rud, 's e bhith sgrìobhadh an dara rud, chan eil anns a' chompanaidh ach an treas rud, dhutsa, an-dràsda, an-diugh, gun a-màireach air a ghealltainn, chan eil a' cunntadh ach an latha sa bheil thu beò, a' mhionaid is an diog sam breab do chridhe dhut, do chorragan air na h-iuchraichean is cofaidh na do chopan.

Cha sheall Ceit riut is tu leis an deoch ach is dòcha gun tig i thugad is tu sòbar.

A h-uile turas a dh'fhàgas tu aon chuspair airson cuspair eile, tha thu bristeadh an t-snàithlein a th' aig an fhear-leughaidh airson do sgeul a leantainn, ach dè 's urrainn dhut a dhèanamh, oir chan eil e comasach innse a h-uile rud na shreath bho thoiseach gu deireadh, nas motha na 's urrainn dhut bruthadh a-steach a h-uile nì a thachair na do sgeul is i ruith gun sgur mar abhainn gun feart aice air na tha tachairt air na bruaichean.

A bheil beatha idir aig an sgrìobhaiche bhochd seo ach a bhith na shuidhe air beulaibh beairt le copan cofaidh is fag Fhrangach? Is cinnteach gum bi e dol a-mach às an taigh aig amannan, nach fheum e cosnadh, ciamar a phàigheadh e son an rùm is a' chofaidh, na fags, am pàipear sgrìobhaidh, a' hama is na h-uighean is an leiteis, na beans, ciamar a tha e ceannach a chuid arain, carson an donas a tha e sgrìobhadh?

An teaghlach:

Màiri	Iain
Leòdhas 1910	Leòdhas 1907
Tidsear	Breabadair

Peigi	Aonghas	Ceit	Dòmhnall
Beàrnaraigh 1880	Na Lochan 1877	Nis 1882	An Rubha 1878
Searbhant	Squatter	Cutair	Iasgair

Anna 1860?	Calum 1850?
Pacair	Croitear

Càit a bheil càch?

Chaidh am bàthadh, thuit iad, dh'fhalbh iad, dh'obraich iad, bhàsaich iad, dhìochuimhnicheadh iad.

Is dòcha gum bu chòir dhut feuchainn ri rudeigin innse mu bheatha Ceit, 's e sin a' bheath' a bhios aig Ceit na do cheann is na do chridhe fhèin.

Theirig na do shìneadh san dorchadas son fichead bliadhna le clach air do mhionach!

An turas a thionndaidh mi talamh ùr son càl a chur 's a thàinig mi air làrach an t-seann seann taigh a thog iad nuair a chaidh am fàgail air sliabh falamh às dèidh an fhuadaich, nach do dhùisg mi sgealb de chragan crèadh dearg is chunna mi mo sheann-sheann-seanmhair a' cur a corrag timcheall air oir a' chragain shlàn is ga cur na beul son feuchainn dè cho geur 's a bha 'm bàrr a bha dol dhan a' bhiot son ìm a dhèanamh dheth. Anna.

Seann phàipearan-nàidheachd — an urrainn duine a chreidsinn: At a Criminal Court at Stornoway, three fishermen from Bernera were tried before Sheriff Spittal for assaulting the Sheriff Officer while serving summonses of removal upon 58 crofters in Bernera, by surrounding him in a violent and excited manner...

Siud mar a thòisich e, nach ann, nach iad a bha modhail ris, a' dol ghan cur a-mach air an t-sitig, iad fhèin is an cuid teaghlach, is iad a bha uasal, ar beannachd orra, is cha robh nàire sam bith orra na bu mhotha a dhol chun a' Chaisteil fhèin a dh'iarraidh ceartais.

An dùil an robh duine ann a bha càirdeach dhut, no aig ar-a-mach na Pàirc no ùpraid Aignis thall anns a' Bhràighe, tha fhios gu robh — nach eil sinn uile càirdeach? Sin agadsa na naidheachdan a dh'fheumas tu ghabhail thugad fhèin gus an cagnadh — cuir na pàipearan an dara taobh agus èisd ri sgeul an t-sluaigh.

Bhiodh sinn a' toirt leinn ciste le ar cuid aodaich is plangaidean, soithichean is oilisgin agus apran, brògan àrd leathair gun tàinig na bòtannan, luideagan, dh'fheumadh sinn luideagan no dh'fhalbhadh an craiceann bho ar meuran, oidhche Shathairn' is ann gòrach a bhiodh sinn, na balaich is a' chlann-nighean le chèile, bhiodh sinn a' dol dhan eaglais Latha na Sàbaid, ministear a' dol a-mach a dh'aon ghnothaich, cha robh e gu diofar dè an eaglais dhen robh e, cha robh càil a dh'eadar-dhealachadh aig an iasgach, iad ri feitheamh aig an taigh gun tigeadh na cistichean, bha sinn ann an saoghal eile, cha robh sinn cho gòrach aig an taigh 's a bha sinn aig an iasgach, bha 'n obair a' còrdadh rinn, am measg nam balach againn fhìn, oidhche Shathairn' dol dhan t-Sàbaid, oidhche 's fheàrr leam anns a' Bhruaich, còmhla ri na cùbairean fad na seachdain, iad a' saoilsinn gu leòr dhe clann-nighean nan eilean, bhiodh feadhainn a' pòsadh nuair a thigeadh iad dhachaigh ach cha robh gin a' pòsadh air sgàth gu robh aca ri pòsadh. Na mnathan gaisgeil Gàidhealach, an sàs san sgadan bhòidheach, measg fuil is mealg is iuchair, na fir nan seasamh gan coimhead, cùbairean cutach is fotografars fhada, a' dèanamh tràill no postcard dhiubh. Is thusa aig a' bheart-sgrìobhaidh, a bheil thu dad nas fheàrr, san rùm beag an Earls Court fad fichead bliadhna is mìle air falbh bhuapa?

Cuin a thòisich e, tha coir gum bi fios againn cuin a thòisich ar daoine ri dol chun an sgadain. Saoilidh tu nach robh eachdraidh againn idir mus do thòisich an sgadan, nach saoil? Ach bha eachdraidh againn, na ceudan is na mìltean de bhliadhnaichean eachdraidh, agus càite an deach i, cà' bheil i an-diugh, dè?

This practice of going to the Caithness herring fishing, to which at least one person from every family goes annually, commenced when the manufacture of kelp ceased twenty or more years ago. Above one thousand men and women walked from Poolewe to Wick in July 1850, to take part in the summer fishing, having travelled from Stornoway on the Steam Packet owned by the proprietor of the Lews. This Packet now makes it very convenient for them; previously they sailed the whole distance around the north of the country in their undecked fishing boats, a proceeding that, not infrequently, resulted in one of those tragedies of the sea which the people of Lewis would appear to regard as inevitable, a consequence of the way of living they have embraced; yet it is the only one they know of. Is cinnteach nach ann le sgrìobhaidhean mar siud a thòisich ar n-eachdraidh?

Is ann bho leithid siud a thòisich ar n-eachdraidh le ministearan is fir-lagha is buill-phàrlamaid is fir-nàidheachd ag innse dhan t-saoghal mhòr dè bha iad a' smaoineachadh a bha iad ri faicinn.

Is sinne gan creidsinn, sinn gan creids. A' bruidhinn air eachdraidh, cluinnidh tu gu leòr an-diugh air Eachann nan Cath (uill, cluinnidh tu na h-uimhir, chan eil math cus a ràdh) agus cluinnidh tu mòran air an Dòmhnallach a bh' aig Napoleon air ceann bhatail ainmeil an siud 's an seo air feadh na Roinn-Eòrpa, ach an donas facal a gheibh thu air a' Gàidhealtachd no ann an Sasainn air a' Ghàidheal a b' ainmeil a thàinig à taigh-sgoile tughaidh a-riamh, agus cò tha sin — chan eil beachd sam bith agad, a bheil, uill innsidh mise sin dhut fèir an-dràsda. Ainmichidh mi dhut an duine seo, an Gàidheal as cudromaiche a bha riamh san t-saoghal is cha b' e saighdear a bh' ann idir, is e bh' ann ach bàrd.

Seumas Bàn Mac a' Phearsain.

Sin agadsa an duine a thug ìomhaigh nan Gàidheal dhan t-saoghal mhòr agus ìomhaigh Alba cuideachd, math no dona.

Chan eil an ìomhaigh sin fìor, tha thu ràdh? Cò 'n ìomhaigh a tha fìor? Is e dòigh na h-ìomhaigh gun a bhith fìor idir, a bhith a' toirt dhuinn an rud sin a tha sinn ag iarraidh agus air a bheil feum againn, chan e sinne a tha sìreadh na h-ìomhaigh seo ach an saoghal mòr a-muigh an siud, agus ma tha iadsan ga cur oirnn tha cho math dhuinn gabhail rithe, nach eil, chan eil i dona, is dòcha gu bheil rudan ann as fhiach dhuinn iarraidh dhuinn fhìn, dè?

Bha leabhar Sheumais Bhàin aig Napoleon am pòcaid a sheacaid.

Nad sheasamh os cionn leac uaigh Sheumais Bhàin Mhic a' Phearsain, a' leughadh ainm snaighte ann an làr Abaid Westminster, tha e doirbh dèanamh a-mach gu dè 'n seòrsa faireachdainn tha còir a bhith agad, gun luaidh air dè 'n seòrsa faireachdainn a th' agad dha-rìribh, an-dràsda fhèin, air do ghlùinean san Abaid ann am Poet's Corner, ceud slat bho Thaigh na Pàrlamaid anns na chuir e seachad a' chuid mhòr dhe bheatha. Cha tug e dà bhliadhna sgrìobhadh bàrdachd 'Oisein'; nuair a chaidh e 'n sàs ann a Homer, bha daoine fanaid air agus thionndaidh e ri dèanamh airgead agus oighrichean. Bha e dèidheil air na boireannaich agus bha e math dhaibh cuideachd, Seumas Mòr Bhàideanaich.

Is e Seumas a thug air na fir a dhol dhan Eadailt chun a' World Cup air an còmhdach ann an tartan neònach agus bonaidean coimheach, agus 's e sin an comharradh a th' aig an t-saoghal air na Gàidheil, na h-Albannaich, agus chan eil nì as urrainn dhutsa no dhòmhsa a dhèanamh mu dheidhinn.

Ach gabhail ris. Mar a rinn Goethe is Cesaretti is Jefferson. Nach math nach do sgrìobh e bàrdachd Oisein anns a' Ghàidhlig.

Tha thu faicinn a-nise gu dè tha tachairt dhut, a bhròinein, gu dè thachair dhut a-rithist, gu dè rinn thu ort fhèin aon uair eile.

Gu sìmplidh seo a ràdh, gu bheil thusa aon uair eile air do ghlasadh ann an rùm beag, air thu fhèin a ghlasadh, cha do rinn duine eile ort e, thu fhèin a ghlasadh ann am rùm beag sa bhaile mhòr le leabhraichean is bòrd is inneal sgrìobhaidh is pàipear is leabaidh — feumaidh duine leabaidh ge bith dè tha e dol a dhèanamh — ach bheir an aire ort fhèin, bheir an aire mus meall na leabhraichean thu, sin far a bheil an cunnart, anns na leabhraichean is iad cho tarraingeach, ciamar a sgrìobhas mi m' eachdraidh as aonais nan leabhraichean anns a bheil i?

Chan eil do chuid eachdraidh anns na leabhraichean 's na pàipearan ann, nas motha tha i ann an Abaid Westminster.

Bodach às a' bhaile ag innse mar a bha:

Is e Latha na Sàbaid a b' fheàrr leam fhìn nuair a bha mi nam bhalach. Cho luath 's a dheigheadh a' bhò a bhleoghain bha thu faighinn do bhracaist, lit is bainne, Salm ga leughadh is earrainn a-mach às an Sgriobtair is sìos air do ghlùinean son na h-ùrnaigh. Bha an latha agad an uair sin dhut fhèin, ach an crodh a thoirt a-mach air a' mhòintich, làithean brèagha samhraidh, poc' air do ghualainn le aran coirc is ìm is bainne tiugh son meadhan-latha, a' snàmh anns na glumaichean, a' ruith nan clann-nighean. Nan sileadh e, dheighte steach do dh'àirigh. Aon Latha Sàbaid a-muigh air a' mhòintich, thàinig sinn air triùir nighean luime lomnochd san abhainn ag ionnsachadh snàmh nuair a nochd na balaich sìos an sruth! Mach à seo leotha gun stiall orra, 's ann a shamhlaich mi iad ri fèidh, is nach deach na balaich eadar iad is an cuid aodaich! Dhachaigh feasgar leis a' chrodh airson am bleoghain agus a-rithist am Bìoball. Is tric a dheigheadh bò am bogadh agus bhiodh èildear is eile a' tighinn a-mach son a slaodadh às, obair èiginn a bh' ann.

Chuir sinn cùl ris a' mhòintich, ri crodh is ri àirigh, thug sinn am baile mòr oirnn, fasanan ùra, is tha nis an telebhisean an impis ar sgrios.

Carson nach urrainn dhut na sgrìobh iad mu ar deidhinn fhàgail, an e gu bheil iad gar moladh corra uair — is dòcha gum bu chòir dhuinne èisdeachd ris a' bheagan molaidh agus cur an càineadh air ar cùl?

Yet (sin agad a-rithist e, yet) many of the men are bold and adventurous fishermen, who prosecute the winter cod and ling fishing in open row boats at a distance from the land that renders it invisible: they cheerfully encounter the perils and hardships of such a life; they tug for hours on end at an oar; they sit drenched in their boats without complaint but to labour with pick or spade is to them utterly distasteful.

Daoine uasal dha-rìribh, ach dithis ac' an-dràsda fhèin ri càradh an rathaid.

The proprietors offered liberal aid to such as desired to emigrate but few were disposed to take advantage. If those in arrears could not show good reason for declining to emigrate, they would be required to surrender their lands; as a result 184 families, comprising 1126 souls, had legal summonses of removal served upon them for declining to emigrate. A bheil Gàidhlig air Catch 22?

A bheil thu air do chùl a chuir ri do chànan, ann an seo san rùm bheag ris an staidhre dhorch am meadhan Lunnainn?

You look for the 1000th time across the sand flats on the island shore, the tide out, new moon far as you like it best; look at the red roof that Ceit left and at the gaping boat shed below it above the salmon pool. You stare across the wet sands, to the burrowing tidal creek with the quick banks that swallowed the drunk man.

Ceit, on sentry go at her gate, watching a passing parade of crofters, each shoving a creaking wheelbarrow: Tha sibh toirt na beath' às an talamh. They trudge past her, silently, eyes down on the tight plastic sacks of artificial fertiliser. You will create cancers in your children, there's plenty seaweed on the shore.

Ceit passes through her shining kitchen, goes into the scrupulous living room. The peat fire flame flickers on the glass of the huge picture on the wall. Behind the glass, the time-faded sepia face of her ancestor, enlarged and touched up in a Yarmouth back street, so many years ago: B' eòlach thusa air feamainn Ghallda, tossing back her loose dark hair.

'S e Ceit a' bhana-Ghàidheal agadsa, boireannach foghainteach, cha trèig thu gu bràth i, tè dhe do dhaoine. Anima.

Mi le dealbh dathach air no le leabhar iongantach na mo làimh, le dealbh a tha na leabhar agus le leabhar a tha na dhealbh, aon rud is dà rud aig an aon àm, tha e agam na mo làimh is tha e prìseil os cionn na cloich uasail, gam fhàgail làn àghmhorachd is saorsa, am broinn Talla mhòr aosd am broinn Talla mhòr ùr, le ballachan cam-sgrìobach air an còmhdach le sgàthanan dhe gach cumadh is dhe gach sgàile, mi ri danns is ri danns, mi làn breislich ged tha mi sòbar, fairich daorach nan ealain!

Fear a' nochdadh ri mo thaobh: Fine, baby, but not so near the church. Mothaichidh mi an uair sin do dh'uamha mhòr de dh'eaglais dhorch nach eil ro fhad' air falbh. Tha mi stad a dhannsa agus ri dol gu sòlamaichte ri mo ghnothaich.

Tha mi dùsgadh le duilgheadas, le bhith bualadh mo chinn ris a' chluasaig.

Thàinig am fear seo cho cabhagach is nach robh tìde agad a chur sìos ann an Gàidhlig.

I am in some sort of stronghold dominated by some powerful and evil (?) man. I am not alone. Attempts are being made to get in. At first, these are limited to pouring water down the two large chimneys. Inside one of the rooms, there appear to be larch trees.

At last, some people — villains — get in and sneak into position to shoot (?) the "master", who appears now to be almost covered in èibhleags, in a fairly high position, almost thronelike. I think they succeed in killing him.

Outside, now, I am apparently a member of an organisation of some sort, like the army, only not in uniform. Some strange power of evil seems to be about. I meet some men, carrying an extremely wrought "coffin" of metal. They are not careful with it and I rebuke them. Something drops (off the coffin?) — a gourd-like object. I pick it up and become aware of some power in this object/gourd, an evil power. I am almost paralysed by this power until I mention God's name. I am then enabled to throw the gourd into a very clear fast flowing stream and am free of the feel of the power.

I turn to go back up the path. At the top (in a sort of tower, through a window) I see the "master". He wears a beard, modern dress, and looks very stern indeed. He becomes luminescent for a moment. I advance to pass on, but the door of the tower is forced outwards, barring my passage. The "master" stands behind it, looking grim in close-up. Does he expect me to go up the stairs in the tower?

I force myself awake in terror, a' donnalaich leis an eagal.

Sin agadsa Gàidheal a' bruadar air Freud ann am bedsit ann an Lunnainn, aig Dia tha brath carson. Ann am Beurla.

Dèan dealbh air a' bhaile, na tha eadar Abhainn Aonghais agus an Gleann Dubh.

An Dùn, Druim nan Dearganain, Cnoca Dubh, Leabaidh na Sprèidhe, Gil Bhreàcleit, Bun Dabhainn, Gleann Fail, Loch na h-Inghinn, Airidh a' Hearaich, Cnoc 'An Smeirigearraidh, Loch Bhreàcleit, Feadan Bhreàcleit, Locha Mhille Ho, An Garadh, Leige Beag, Cnoc na Siamain, Allt an t-Snìomh, Cnoc Murdag, Fuaran nan Clachan Bàn, Na Lochan Dubha, An Grùdhan, Loch na Bèist, Gil Dubh Thunga, Gloma na Bròig, Allt na Crìch, Eabhal, Tom Uilleim, Tom Earsal, Tom Roisneabhat, Feadan Bail' an Tuim, an t-Allt Mholach, an t-Allt Mholach Tharsainn, Airigh Thorcaill, Loch na Faoileig, Blàr na Feòla, Loch an Eich, a' Chreag Ruadh, Feadan Gàrradh Liacro, Loch Gunna, An Fhaing, Loch na Beàrnaich, Tota Sgrùdaich, Clachan Biorach, An Glìob, Bun an Rathaid, Am Faoghal, An Cnoc Mòr, An Teanga, An Druim Beag, Druim Thung, Fadagair, An Allt Ruadh, An Fhaoilein, An Cnap Buidhe, Lòn nam Bàtaichean, An Tràigh Fhaochaig, An Tràigh Choilleig, An Caigeal, Pol Thung, An Lodain, Fuaran an Lodain, Tobar na Faochag, An t-Sròn Ruadh, Sgeir nam Bodach, Sgeir a' Mhircein, Tràigh na

Faing, Na Carraichean Beaga, Stiogha Choinnich, Stiogha Mhuinein, Sgor nan Cait, A' Chreag Uir, An Lic, An Leum, Thupraidh, Cnoc a' Bhleoghain, An Cladhan , An Seann Bhaile, An Lòn Mòr, An Lòn Beag, A' Chrodh Chail, Na Dardanelles.

The situation of the new lotters on the Aird at this moment beggars all description. I had no idea of the great hardships and privations that the poor people had to endure who are forced into new allotments without matters being previously arranged for their moving. It is worse than anything I ever saw in Donegal where I always considered human wretchedness to have reached its very acme.

A' bhliadhna a thàinig iad dhan a' bhaile.

Bheil thu fhathast a' sgrìobhadh anns a' Bheurla, an dèidh an latha a chur seachad còmhla ri Padaidh agus am Pòlainneach a' còmhradh air cultaran coimheach timcheall air a' bhòrd mhòr. A' sporghail am measg nam pàipearan a tha tighinn a-steach bho soithichean air feadh an t-saoghail? Trì cànain agaibh eadaraibh a thuilleadh air a' Bheurla, agus sibh trang ag ionnsachadh cànan ùr, saoghal an airgid, cànan nan coimpiutairean, chan fhada bhios feum air pàipear no faclan idir.

Agus a' chlann-nighean cho snasail le sliasaidean fada, chan eil coltas aca ris an fheadhainn a bh' ann rompa, aig an taigh, le sgùird gu làr is làmhan gàgach gort.

Ceit, the new maid, cranes from her attic window in the big house by the harbour in Skippertown.

Across the water sounds the beat from the enginehouse as the new schooner begins to move sluggishly down the Slip. She groans now, in her travail, and the carpenters raise the chant to help her to enter her element:

Rio! Rio! Rio!
I'm off to the Rio Grande!

Beyond the Slip in the harbour mouth lie The Beasts, sea-licked, their monstrous backs surface and recede, surface and recede, endlessly, yet never twice the same.

Intimations of future tragedies arise in Ceit's mind, swell and then shrink...

Dè thuirt am Pòlainneach a' chiad latha: Meet your Celtic brother — nach iad a tha fiosrachail, fios is faireachdainn cultarach aig muinntir na Roinn-Eòrpa nach fhaigh thu idir ann an saoghal na Beurla.

Dol a-steach dhan Bhanca Mhòr a dh'iarraidh a' bheagan notaichean airson pàigheadh màl is biadh, cur an t-seic a-null chun na h-ìghinn dhuinn a tha dol a thoirt dhut an airgid, an dùil an ann bho thaobh eile an t-saoghail a tha i, cho socair na dòigh, cho bàidheil, na sùilean aice crom, nach i tha coltach ri bana-Ghàidheal, ri Anna ud thall a bhios a' tadhal ort na do leabaidh is tu nad shuain, na sùilean aice a-nis ri coimhead ort dìreach, seach nach eil d' ainm air an liost nach fhaigh airgead, cha mhòr nach canadh tu gu bheil i càirdeach dhut, fiamh a' ghàire bhig air a bilean a-nise, mar gum biodh i ag aithneachadh gur e fear nach buin dhan bhaile mhòr seo a th' annad nas motha na bhuineas i fhèin, ach nach fheum sinn ar bith-beò a dhèanamh, chan eil teagamh nach eil i gad aithneachdainn, tog am beagan notaichean agus smèid oirre is dèan gàire bheag agus can facal anns a' Ghàidhlig (nach tuig ise) agus gabh air falbh agus bheir sùil air ais agus chì thu gun do thuig i, gu bheil i mar gum biodh ri smèideadh ort, mar gu smèideadh i air fear air sliabh an àiteigin anns an t-saoghal mhòr fad' air falbh a thrèig sibh nur dithis.

Dol gu clasaichean oidhche son toirt a-mach a bhith na do sgrìobhaiche mar seòrsa de phreantas a tha feumachdainn pìos pàipeir mus toir duine obair dha, a' sgrìobhadh sgeulachd bheag anns a' Bheurla, thu ga leughadh is càch ga cnuasachadh, nach eil fear aig a' chlas a bha air bàta Mhic a' Bhriuthainn uaireigin is e nise dearbhadh ort nach eil an sgeul agad ceart, nach ann mar seo idir a bhios balach Gàidhealach a sheòl an saoghal mòr, chan e thusa, ach seòladair a leum soitheach, rud nach do rinn thusa, ach an dèidh sin, thill thusa bho iomall an t-saoghail dha na h-Eileanan Siar agus sheòl thu tarsainn a' Chuain Sgìth ann am bàta Mhic a' Bhriuthainn is tha fhios agad cò ris a tha sin coltach, tilleadh dhachaigh led theanga fod fhiacail agus am balgair fear-turais Sasannach seo ag ràdh nach ann mar sin a tha e idir ri dol tarsainn dhachaigh air bàta Mhic a' Bhriuthainn — nach iongantach bho Dhia mar tha fios aig na Sasannaich air a h-uile càil.

Ach dheagh chòrd rium an tè tha ràdh nach eil i dèidheil air Shakespeare air sgàth is nach robh e idir math air innleachd-sgeul a chuir ri chèile, 's e Sasannach a bh' inntese cuideachd, ban-Scouser, gu mì-fhortanach cha tàinig i chun a' chlas ach an aon oidhche, is dòcha gun chuir an rud a thubhairt i eagal oirre, tè àrd le falt fada bàn, searrach de Lochlannach.

Ag òl cofaidh a-rithist còmhla riuthasan a tha ag ionnsachadh Gàidhlig na h-Alba agus a' dol chun nan clasaichean sin: Dè tha thusa dèanamh ann an seo co-dhiù, is Gàidhlig agad mu thràth? O, chan eil, cha d'fhuair mi san sgoil i ann: Rinn sibh cus anns an sgoil.

O cho duilich 's a tha e sgrìobhadh!

An dùil an tig an latha a bhios innealan aca airson na dealbhan a th' ann an eanchainn duine a chur san spot air an telebhisean, air saideal fiù, thu air do uèirigeadh suas is gun agad ach smaoineachadh agus nochdaidh na pioctaran na do cheann air sgàileanan mòra air feadh an t-saoghail?

'S e adhbhar eagail a th' ann, nach e, cò aige bhios an cumhachd air na uèirichean agus cò tha dol ghan taghadh-san a chuireas mun ceann iad?

An gabhadh daoine ris na dealbhanan ge-ta, tha fhios gun gabhadh, nach coimhead iad air rud sam bith, sgudal gun bhrìgh, ma bhios e air a' bhogsa.

Ged nach eil mòran ann fhathast a tha gabhail ris an dòigh sgrìobhaidh shubsaigeach, phearsanta, an aon dòigh anns a bheil thusa cinnteach gu bheil thu ag innse na fìrinn, an fhìrinn mar a tha i agadsa, mar a tha thusa ri faicinn is ri faireachdainn an t-saoghail.

Chan urrainn dhut innse sgeul air rud a thachair dhut gun toirt a-steach na measg an aithne is an t-eòlas a th' agad air rudan eile a thachair dhut ron an sgeul, feumaidh sgeul sam bith a bhith toirt a-steach beatha na tè no an fhir a dh'fhuiling an sgeul, ron an sgeul, gus ciall a dhèanamh.

Gun teagamh, chan urrainn do dhuine sam bith a sgeul fhèin innse gun e bhith cur rithe na thachair ron an sgeul, agus na thachair dha às dèidh na sgeòil, mas e is gu bheil ùine sam bith air a dhol seachad eadar an sgeul agus a h-innse.

Tha feum aig gach sgeul air pearsa agus air innleachd-innse, is tha innleachd-innse na sgeòil agad ag abachadh tro thìde. 'S e sin ri ràdh, cha dèan sgeul sam bith, "fìor" no "breug", an gnothaich gun caractar is plot, is am plot ag at mar a tha tìde dol seachad.

Gu dè an gnothaich, ge-ta, a th' aig an ego agadsa ris an sgeul a tha thu cho miannach innse, an sgeul aig Ceit a bha beò o chionn còrr is ceud bliadhna?

Is dòcha gum bu chòir dhut na tèoraidhs fhàgail an dara taobh agus na faclan a chur sìos air sreath a chèile cho math 's as urrainn dhut, ach nach e sin an trioblaid, thu feuchainn ri chur sìos ann an sreath, facal às dèidh facail, ri cur sìos an rud a tha thu faicinn a' tachairt mar rud a tha slàn, an dealbh a tha gluasad air cùl do shùil, càit a bheil tìde agad sin a chur sìos ann an sreath às dèidh do sgrìobagan dubha air an duilleig ghil ghlan, bhiodh e mòran na b' fheàrr nam b' urrainn dhut an dealbh sin na do cheann fheuchainn air a' phàipear mar fhras, fras fhaclan a' bualadh air a' phàipear nan aon dòrlach mar gum biodh tu a' cur sìl.

Gu dè an gnothaich a th' aig an ego agadsa ris an sgeul aig Ceit? Nach i (is ann boireann a tha i), nach i an ego a smaoinich air an sgeul aig Ceit, nach ise a tha cnuasachadh na sgeòil sin a latha is a dh'oidhche.

Facal fireann a th' anns an fhacal ego, tha thu ràdh? 'S e tha sin ach ego nam ban, tha ego nam fear boireann, mar a chanas am bodach eile, Anima, agus co-dhiù, chan ann am faclair a tha I no E ach na do bhroinn.

Nì sud an gnothaich de dh'fheallsanachd, dùin do bheul agus sgrìobh.

EARRANN 3

A' chreag as aosd' a th' anns an t-saoghal is tu ga faicinn os do chionn a-mach air gach uinneag, na cnuic cnapach, glas leis an turadh, dubh leis an t-sileadh.

Fad a' Gheamhraidh le tuil uisge is iadsan am broinn an togalaich air an crìonadh leis an teas a tha tighinn bho na boilearan anns an t-seilear shìos fodhpa, tro na pìoban uisge-teth a tha ruith suas is sìos na trannsachan leis na leacan sgàinte ioma-dhathach ri leth nam ballachan is a-mach 's a-steach às gach rùm, na pìoban goileach a' gearain le guthan neònach mar gum biodh iad a' faireachdainn na h-aois air laighe orra is nach seas iad fada tuilleadh ris a' bhruthadh a tha iad a' fulang bho lasrach na biast de dh'fhùirneis-ola a tha crùbte mar dràgon am bunait na h-aitreibh.

Ach bhiodh sàmhchair ann aig amannan. Cha robh an fhùirneis saor idir is an-dràsd' 's a-rithist bha ruith na h-ola air a ghearradh dheth mar gum biodh le làimh taibhse agus bha an teine ri dol às.

Theann cuid dhen bhuidheann a' smaoineachadh gun cluinneadh iad guthan anns an t-sàmhchair seo, agus bha e ri ràdh gu robh an aitreabh air a togail ann an seann chladh air uaighean Lochlannach.

Bha mòran aig a' bhuidheann mu dheidhinn dè bhathar ag ràdh, na seann sgeulachdan, nach robh aca ri dealbh-chluich a chruthachadh à beul-aithris agus sin a cheangal ris an là an-diugh, ri dòigh-beatha an t-sluaigh anns an là an-diugh agus na gnothaichean cudromach a bhuineas ri cultar do dhaoine aig an àm seo, mar misgearachd — fhios gur e cuspair duilich domhainn dìomhair a tha seo, misg, is daorach, drungaireachd?

Dràma na deoch, dràma an drama, can. Botail bhriste air a' phostair co-dhiù, sgealban dearg an uinneagan nam bùthan, iadsan a chuireas suas postair, sna pubs. Na dìochuimhnich na pubs air do bheatha.

Na can guth air drugaichean eile! Cha bhuin iad sin dhuinn mar Ghàidheil. Cha bhuin iad sin dhuinne ann, annainn ach na Gàidheil, ach deoch, uill, a bhalaich, sin ach rud eile, cultar nam fìor fhear Gàidhealach, càit am fàg thu na boireannaich? Cha robh sinne ris an òl ann, a bhròinein, sinn gur togail-se nuair a thuiteas sibh.

Sin agadsa an cluich sa bhad fhèin, boireannach a tha sòbar an aghaidh fireannach leis an deoch, an dialectic agad ann an sin sa mhionaid sa bheil thu, strì is còmhrag, smior na dràma, seanfhacal ùr agad air a chruthachadh mu thràth — strì is còmhrag, smìor na drama.

An ann mu dheidhinn Drungaireachd a tha an dealbh-chluich, no 'n ann mu dheidhinn an Sgàinidh sin a tha ann am mac-meanma a' Chinnidh-daonna, a bh' ann a-riamh, 's a bhios ann a chaoidh, an còmhrag eadar Smaoin is Aisling, Clasaigeach is Romansach, Fireann is Boireann, tha fhios gu bheil gnothaich aig an Sgàineadh ri feumalachd mhic an duine air an druga a shlànaicheas an sgaradh a tha e faireachdainn eadar e fhèin agus an saoghal sa bheil e beò?

Nach ann a bhios am faoin-choltas, ach coma.

Seall air Dom an-dràsda fhèin, e ri togail nan duilleagan bho bhòrd an sgrìobhaiche agus gan leughadh, fhad 's a tha e tarraing anail a-steach gu ìre is gu bheil a bhroilleach a' sèid a-mach agus a mhionach ri dol a-steach mar gum biodh na tha na bhroinn air èirigh suas na chliabh, air a dhol mun a' chridhe aige.

Leigidh e a-mach anail gu slaodach agus seacaidh an colann gu ìre agus cluinnidh tu na facail ri tighinn beò son a' chiad uair fhad 's tha 'n anail aig Dom a' sileadh a-mach na sruth tro na cuinnleanan aige: Màiri na seasamh air beulaibh Iain Nocs agus cuimhnicheamaid gu robh sia troighean innte: Cuimhnich thusa gur e mise tè làn fuil uasal, fuil nan Guìseach, fuil nan Stiùbhartach a' ruith mar sruth san fheòil seo a chaidh arach san Fhraing.

An sgrìobhaiche a' dol fiadhaich gun fhios carson, seach gu bheil esan a' dèanamh a' Bhaineann a tha na ìomhaigh aig an t-saoghal mhòr air Alba, agus ga chluich cho math 's a tha e, e fhèin a' seasamh agus le duilleig na làimh fhèin a' dol gu Dom agus gun ceist a chur air fhèin: Carson a tha thu cho troimh-chèile, 'ille? — e a' cur a bhus ri bus an fhir eile agus gu fiadhaich, fada ro fhiadhaich, ag ràdh ris:

Ma ghabhas am Prionnsa cus air fhèin, tha fhios gun còir do dhaoine èirigh na aghaidh, an claidheamh a thoirt bhuaithe agus na làmhan aige a cheangal!

Sin agadsa freagairt an Fhireannaich.

Nach do rinn Dom gàire: Cum do làmhan agad fhèin, 'ille, càch ri lachanaich, dè mu do dheidhinn fhèin, 'ille, is tu sgrìobh seo, na rinn thusa gàire? Dè tha Dom ri ràdh mu dheidhinn an rud a tha e cho math air a chleas: Tha an stuth seo fada ro Nàdarra, 's e tha dhìth air sgrìobhadh dràma eachdraidh ach ìomhaighean is samhlaichean, meataforan, gus am faic sinn is gu fairich sinn brìgh ar sgeòil, anail ar sinnsireachd a' tighinn beò nar cuinnlean fhìn.

Chan eil fhios a'm dè tha siud a' ciallachadh ach an Diabhal tha e còrdadh rium.

Tha fhios aig do mhac-meanmna, a nàbaidh.

Siuthadaibh, siuthadaibh, arsa Màiri, is i cho deònach air cluich agus cleasachd a dhèanamh air Màiri eile: Chan eil mi sia troighean is chan eil mi ruadh, ach tha fuil annam agus i sruthadh, dè thuirt Ise, dè tha sgrìobhte, sìn thugamsa an sgriobta sin.

Na creid a h-uile nì a leughas tu.

Carson an donas a tha sinn a' dol an sàs ann am Màiri Stiùbhart is Iain Nocs, dè bhuaidh a bh' acasan air a' Ghàidhealtachd?

Bha buaidh nach gabh a tomhais — nach ann leotha a thàinig an dà thaobh air ar mac-meanmna gu bhith soilleir dhuinn. Fireann an aghaidh Boireann.

Meatafor math agad ann an sin.

Nach b' fheàirrde sinn e, an dùil nach b' fheàirrde, dè?

Cha b' fheàirrde.

Carson?

Nach do rinn am buaireadh sin drungairean dhinn.

Sin tha thusa a' ràdh.

Seo, seo, dealbh-chluich ri chruthachadh.

Dè Ghàidhlig a th' air deadline?

Chan eil Gàidhlig air deadline ann.

Mura h-eil tha làn-thìde gum bitheadh.

An sgrìobhaiche na shuidhe aig a' chlò-bheart le sùil gheur air an duilleig bhàin. Na corragan beaga ri bualadh nan iuchraichean is a' fàgail sreath litrichean.

Stiall an duilleag a-mach às a' bheart.

Rrrrrrroooooooommmmmhhhhh

Dè Ghàidhlig a th' air sound-effect?

Coltas-fuaim.

Tha fhios gur ann mu do dheidhinn fhèin a bhios an dealbh-chluich seo aig a' cheann thall, thu fhèin is Anna, do Cheòlraidh a rinn drungair dhìot.

Seo agaibh Màiri, is i an dèidh an gùn toirteil dearg a chur oirre, a' ghruag aice a-nis os a cionn: Nach cuir thu seo orm, Anna, cuir air mo cheann a' ghruag aig Màiri Ruadh. Seall fhèin air Iain Nocs, cho luideagach 's a bha e, Màiri Stiùbhart ceart-aghaidh sin, imfhiosach mar a bha i, cha b' urrainn nach deigheadh iad a-mach air a chèile, iad a' dèanamh meatafor math dhuinn air an t-strì 's a' chòmhrag eadar dà thaobh mac-meanmna an duine a tha fireann sòbar is boireann leis an daoraich.

Màiri deiseil, dealasach: Nì mi am pàirt far na chuir e a' rànail i: Thug e gal orm, an duine dorcha ud.

Dom: Yon man gart me greet.

Màiri: Cuir sin ann an Gàidhlig.

Yon man gart me greet and nivir grat tear himsel, ciamar a chuireas tu Gàidhlig air a sin, e cho làidir is cho dramatach, cha dèan Gàidhlig no Beurla ach na faclan sin a mhùchadh.

Ghuil Iosa.

Dè mu dheidhinn?

Sin an earrann as giorra sa Bhìoball.

Dè mu deidhinn?

Bi thusa geàrrte lom nad chuid sgrìobhadh.

Siuthad.

Dè?

Dèan gal.

Gul.

Seadh.

Teannaidh Màiri ri gal air a socair. Tha a ceann an àirde agus chan eil coltas gu bheil fliuiche sam bith na sùilean, ach saoilidh tu gu bheil an dath aca air atharrachadh bho ghlas gu uaine, chan eil fhios nach e falt ruadh mu ceann a rinn seo, i na seasamh eadar an dithis againn, ri coimhead air làrach air a' bhalla eadar sinn.

Thèid aig boireannach air gul.

Màiri a' caoineadh is mi fhìn is Dom ga coimhead, a broilleach a' sèid, an anail aice na cuinnlean is na beul.

A deòirean nan sruth air a h-aodann agus ise blasad orra le teanga, na sùilean aice dearg, nach canadh tu gur ann fiadhaich a tha i.

Sinne ag èisdeachd agus a' coimhead.

Gul Mhàiri a' cur eagail oirnn.

A h-uile nì tha dhìth am broinn mo chinn, dealbhan is stòiridhean beaga duilich air luchd na misg, luchd an uaigneas mar a tha iad ann, gun fhios aca ciamar a thèid iad air adhart, eagal am beatha orra leigeil fios gu bheil feum aca air maothachd, an dràma a' toirt dhaibh na misneachd gus gul nuair as èiginn dhaibh.

Dràma no drama, dè?

Boireanntachd.

Màiri.

Fireanntachd.

Iain.

Cha tig iad gu gràdh am bith.

Feumaidh iad.

Is dòcha air an stèidse.

Màiri ri cur oirre a' ghùin a-rithist is a' ghruag fhada ruadh mu ceann, i ga dèanamh fhèin cho dìreach 's gun canadh tu gu bheil sàilean sia òirlich air na brògan aice: Sgrìobh thu fhèin leabhar air cuspair a tha cudromach nar latha, nuair a bha thu shìos ann an Sasainn. Leabhar air a bheil daoine ri bruidhinn ann an iomadh cùil.

Sgrìobh mise leabhar, sgrìobh, leabhar anns a bheil mòran brìgh, is tha 'n leabhar sin ga leughadh is ga chomharrachadh anns an Roinn-Eòrpa.

Agus dè thug thu air an leabhar sin? Thug Riaghladh nam Boireannach, Riaghladh Mì-nàdarra nam Boireannach, gu dè tha mì-nàdarra mu riaghladh nam boireannach, dè?

Monstrous Regiment.

Bheil na faclan sgrìobhte agad air do theanga?

Chan eil crìoch air na faclan a th' air mo theanga.

Carson a chaill thu do ghrèim nuair a ghuil thu.

Nuair a ghuil mi son Màiri? Ghuil mi son Màiri, is mi coimhead a' chinn luim liath aice ann an làmhan a' mharbhadair, a' ghruag fhada ruadh air tuiteam am measg a cuid fala, an teanga aice a' gluasad na beul gun cothrom facal a ràdh is an cù beag air falach fo cuid aodaich.

'S e Dom a thòisich air, esan a thuirt mar bu chòir an sealladh a riochdachadh, ach tha mise ràdh riut gur ann dhut fhèin a ghuil thu airson Màiri an là an-diugh, chan ann son Màiri Stiùbhart an là an-dè.

Nach fhaod i deòir a leagadh airson an dithis?

Cò thug Dom ort, co-dhiù, dè seòrsa ainm tha sin?

Tha fhios agamsa diabhlaidh math nach e sin an t-ainm a thug a mhàthair air, ach Dòmhnallan, ainm math Gàidhlig, Dòmhnallan.

Nach fhaod Dom an rud a thogras e thoirt air fhèin, nach eil e na dhuine saor, nach ann leis fhèin a tha e, Dom, nach fhaod e ainm sam bith a rùnaicheas e thoirt air fhèin?

Chan eil an t-ainm sin fireann no boireann, chan aithnich thu bho Dhia an e nighean no balach a th' agad.

'S e thu fhèin a thuirt gu robh feum air dràma airson atharrachadh a thoirt air daoine, an aghaidh choimheach a sgàineadh, an sluagh iad fhèin a chall.

Chan urrainn dha na fir an cuid faireachdainn fhoillseachadh às aonais an alcoil.

Nach cuir sibh dràma an àite an drama?

Cha do chòrd an leabhar agad rium idir, a Mhaighstir Iain, dè tha thu smaoineachadh, a bheil thusa airson cothrom a thoirt do dhaoine iad a bhith cronachadh Ise a chaidh a chur an ùghdarras orrasan le òrdugh is barantas Dhè?

Thu faicinn a' Bhoireannaich seo na do chadal, boireannach eireachdail, sùilean gorma, craiceann glan, falt donn nan Ceilteach a' teannadh ri liathadh, a h-aodann ri lasradh is tu cinnteach gu bheil thu ga h-aithneachadh, ach cò ris a tha i coltach?

Riut fhèin — 's e d' aodann fhèin a th' oirre!

Nighean òg sa bhuidheann, nach iongantach gur e Anna 's ainm dhi.

Co-thuiteamas le brìgh, is dòcha.

Tillidh sinn chum ar cluich is cuimhnicheamaid gur e ar n-eachdraidh a rinn drungairean dhinn, na fìor Ghàidheil.

Anna an-dràsda fhèin is i deiseil son cleasachd air Màiri Fleming — 'n e Màiri a bh' air a h-uile tè a bha còmhla ri Màiri Mhòr Ruadh Stiùbhart?

Anna ri gluasad gu socair le cluais ri siosarnaich a' ghùin ghuirm-ghlais a tha sumainn mu bodhaig, i coltach ri calman dubh-cheannach.

Màiri a-rithist na gùn sgàrlaid is a' ghruag ruadh mu ceann — every inch a Queen — na brògan àrda.

Dom le daga fada cunnartach anns an dàrna làimh agus coinneal ana-mhòr gheal san làimh eile: Dè tha dhìth ort?

Nì sinn an Aifreann an toiseach agus an uair sin am Murt.

Thig le coinneal reamhar fhada, tè nach dèanadh crùisgean càil dhi, agus le coinnleir trom iarainn air a pheantadh dubh aig an fhear Shasannach a tha os cionn nan gnothaichean sin; gu faiceallach, mus bris thu choinneal is i cho prìseil, chan eil coinneal eile dhe seòrsa ri faotainn an taobh seo de Dhùn Eideann, air do shocair sgriubhaig ceann na coinnle ghil a-steach dhan choinnleir dhubh, oir mar as trice chan eil i buileach a' fiotaigeadh.

Sìn an coinnleir do dh'Anna agus gabhaidh ise na dà làimh e, a' cumail grèim air a' choinnleir gus e bhith ri uchd a bràghad, a' choinneal na stob buidhe air beulaibh a h-aodainn, a sùilean cho sòlaimte air gach taobh dhen choinneal.

Màiri Ruadh a' cumail sùil agus a-nise thèid ise gu ciste nam props; tillidh i le Bìoball dubh a chaidh a dhèanamh geal le còmhdach sìoda geal air uachdar agus le pillean dubh meileabhaid, cuiridh Màiri am Bìoball geal sìoda air a' phillean dhubh meileabhaid agus càch a' coimhead oirre. Dom ri toirt sùil timcheall air an stèids agus a' dol air falach am broinn cùrtair-cùil an àrd-ùrlair.

Anna leis a' choinneil ghil sa choinnleir dhubh aice na dà làimh roimhpe a' gabhail ceum socair ann an cearcall a' cuartachadh an àrd-ùrlair, an gùn fada glas-chalman a' slìobadh an làir, chan fhaic thu na casan aice fiù 's tu nad sheasamh gu h-ìosal, i gluasad cho còmhnard 's ged a bhiodh i air cuibhleachan.

Màiri a' tighinn air a cùlaibh, leis a' phillean dhubh na laighe air a dà làimh, am Bìoball geal sìoda air a' chluasaig dhuibh mheileabhaid, an ceum aice ri ceum Anna, ach gun canadh tu gu bheil Màiri le beagan cabhaig gus am faigh i chun an na h-Aifrinn, far nach ruig na fir oirre.

Tog clag bheag airgid a thàinig à bucas nam props far an robh e air a chòmhdach le cotan gus nach biodh e bualadh, tog a-nis e agus dèan aon ghliong leis is cuir do chorrag airson diog agus dèan gliong eile agus cuir do chorrag a-rithist air agus dèan a-nise an treas gliong agus stad, glas a' chlag bheag airgid led mheòir.

Siubhal nam boireannach ri cuartachadh an àrd-ùrlair, an saoil thu gun chlisg iad nuair a chual' iad a' chlag, ged a bhios gliong ri chluinntinn a dh'aithghearr ma ruigeas iad an Aifreann sàbhailte?

Siud Dom air nochdadh faisg oirre, na chrùban an-dràsda gus nach fhaic thu an toiseach gu bheil claidheamh aige san làimh a tha ris an làr, e ga dheisealachadh fhèin son leum a-mach air na boireannaich; ach, mo chreach, tha eagal air, eagal a bheath' air ro chumhachd na h-Eaglais agus an cuid deas-ghnàth diadhaidh mar a th' aca.

Na mnathan a' cuartachadh an rùm sa bheil iad air an cùbadh, stèids is àrd-ùrlair, an leadaidh ri dol air thoiseach air a' Bhànrigh sheang ruadh. Ise, a thàinig a chur brod a-steach do chorp Alba, nuair a bha I na sìneadh aig na fir.

Tha Dom ag èirigh gu chasan leis a' chlaidheamh os a chionn agus a' dèanamh air an leadaidh:

Ach thig èigh:

Stad!

Am faod an Aifreann a dhol air adhart a dh'aindeoin Iain Nocs?

Thèid bucas mhaids a thogail bho bhòrd, na maidsichean mòra gheibh thu son a' chidsin, thèid maids a chur thuige agus thèid a' choinneal àrd bhuidhe a lasadh.

Ceò dhubh le fàileadh feòla ag èirigh bhon t-siobhaig 's a' dol a shùilean Anna, ach chan fhada gus am fàs an lasair soilleir, aodann Anna a-nis air cùl na coinnle laiste: nuair a bhios Anna coiseachd dìreach thugad, nach ann a shaoileas tu gu bheil teine a' tighinn às a beul.

Siuthad!

Gun comharradh bho dhuine, gun facal a ràdh, tòisichidh am promenade chun na h-Aifrinn aon uair eile, solas na coinnle air thoiseach, Anna, an leadaidh ghlas a-rithist, am Bìoball geal sìoda an uair sin agus air deireadh na sreath, tha Màiri Stiùbhart.

Tha Dom gan coimhead le sùilean laiste.

Eagal a' nochdadh air aodann Anna is gun ise cinnteach an e Màiri Fleming, no Màiri Peutan, no Màiri Seton, no Màiri Livingstone, no Màiri NicLeòid às na Hearadh a tha còir a bhith innte, iadsan a bha feuchainn ri ceannsachadh na tè mhòir ruaidh a bha Dia air cur os cionn Alba, oir nan ann gam brodadh a bha iad, nach robh iad uile air an àrach anns an Fhraing?

Siud Dom a' leum a-mach nan coinneamh, siud an claidheamh na dhà làimh os a chionn, siud an claidheamh sìos le fead, siud an claidheamh tro mheadhan na coinnle, siud a' choinneal na dà leth, a ceann a' rolaigeadh air an lar, i fhathast dearg, siud Anna a' sgreuchail leis an eagal, ri sgreuchail dha-rìribh, chan ann a' cleasachd a tha i. Gu dè leigeadh orm.

Màiri ri cur a làmh mu amhach Anna: Na ghabh thu eagal, chan eil ann ach cleasachd, cuimhnich, cluich a th' ann, a ghràidh.

Dom a' dùnadh a dhùirn mar fhear an dèidh goal a chur. Am fac' thu siud, mar a chuir mi 'n ceann bhuaipe, mar a rolaig i air an làr, mar a spoth mi choinneal ud, nach robh e math nach deach i às, ìomhaighean dà-fhillte —

Fàg thusa na h-ìomhaighean acasan a thig gar coimhead, mas e is gun tig duine idir a-mach gan èisdeachd, gu Màiri Ruadh versus Iain Dubh, fireann is boireann.

Cha thog iad a chaoidh e.

Togaidh ach 's ann gun fhiosd.

Dithis fhireann, dithis Eòrpach, air tighinn gu ruige Holyrood, fhios gur ann le òrdugh bhon Bhànrigh, ceòl is cleas na Roinn-Eòrpa a dhìth orra son dubhadh a-mach an sealladh a bh' aice air clobhsaichean dorch Dhùn Eideann far an robh na daoine a bha air taobh a-muigh a' phàileis a' cùiltearachd le Bìobaill dhubha fon achlais.

Seo agadsa na fir a thàinig a thoirt toileachas do Mhàiri Stiùbhairt — Chatelherault is Riccio, Frangach is Eadailteach, bàrd is fear-ciùil, dithis a dhùisgeas do spiorad eatarra, uair sam bith a bhios e dhìth ort, bàrd is fear-ciùil, dè chòrr a dh'iarradh tu is gun dùil agad a dhol a-mach às a siud.

Ach feumar an dealbh-chluich a chur air dòigh son gun tuig thu i sa bhad, i ruith seachad ort air àrd-ùrlar, a-steach air do shùil is do chluais agus a-mach air cùl do chinn, gus am fàg i rudeigin às a dèidh nad mhac-meanmna, feumaidh sinn an dà phearsa seo a chur còmhla, chan eil sin duilich agus cha bhi e duilich a thuigse nas motha, oir nach do bhàsaich iad aithghearr le chèile, nach deach an dithis aca cur às dhaibh?

Ach gu dè an t-ainm a bheir sinn air, nach cuala a h-uile duine mu dheidhinn Riccio, is dòcha gun toir sinn cleasan Chatelherault do

Riccio, 's e sin gu robh e cho dealasach dhìse, do Mhàiri Stiùbhart, is nach robh e gu leòr dha bhith sgrìobhadh òrain dhi, nach fheumadh e dhol air falach san rùm-cadail aice?

Canaidh sinn gur e Riccio a rinn seo, chan e mhàin gu robh e dèanamh ceòl do Mhàiri, is a' còmhradh rithe sa chànan aige fhèin, Eadailtis nach tuigeadh càch, ach gu robh e cho dàna is gun do ghabh e air a dhol air fàth do leabaidh Màiri Stiùbhairt, son caithris na h-oidhche a dhèanamh còmhla rithe.

An dràma ri dèanamh breug air eachdraidh son fìreantas nas àirde an canadh tu, an gabh thu ris, Chatelherault no Riccio, dè 'n diofar dhutsa? Càit an d' fhuair Chatelherault faoin a mhisneachd a dhol a dh'fheuchainn gu Màiri Stiùbhart, àrd-Bhànrigh na h-Alba?

Nach d' fhuair an oidhche a dhanns Ise còmhla ris is chan e mhàin gun do dhanns iad le chèile, ach nach robh Ise air a sgeadachadh ann am briogais fireannaich, a gùn air a chur an dara taobh, an truaghan eile air a sgeadachadh ann an còmhdach boireannaich, sgiort is seacaid bheag, ise ri gabhail pàirt an fhir ann an danns Fhrangach agus esan ri gabhail pàirt na mnatha, tha fhios gur e a' chleasachd choimheach a rinn iad còmhla a thug air a' bhàrd a dhol far an robh i, nach robh e sgeadaichte mar bhoireannach is nach fhaigheadh e chun an t-seòmair aig Màiri gun fhiosd, seòmar na Tè a bha na Ceòlraidh dha, no mar a chanas sinn an-diugh, an tè air an robh esan a' proiseactadh an Anima aige.

Chaidh a ghlacadh agus dh'èigh Màiri is i letheach lomnochd agus dh'òrdaich i gun deigheadh an truaghan a stobadh sa mhionaid is i air a nàrachadh, ach dh'fhalbh iad leis beò is b' e an lagh a chuir an duine bochd gu bàs an ceann ùine ghoirid.

Bheir sinn a' chluiche seo gu lèir dhan fhear a tha dèanamh Riccio is biodh an dealbh-chluich againn sgiobalta agus ealanta.

Mas e as fheàrr leat, nach fhaod sinn an t-Eòrpach a thoirt air mar ainm, carson a dh'fhàgadh sinn ainm fear no fear eile aige, nach e tha dhìth oirnn ìomhaigh, an ìomhaigh sin a tha dol os cionn fìrinn agus eachdraidh?

Màiri ag èigheach: Cuir an sgian ann, stob e, o na leigibh leis a bheul fhosgladh!

An donas Eòrpach ud, a-staigh còmhla rithe gach oidhche, a bheil thu cinnteach gu bheil tè dhe na Màiridhean daonnan a' cumail sùil oirre, a' bruidhinn ri chèile san truileis chànan ud nach tuig duine eile, ise dol na bheul, dè tha e ràdh rithe, na sùilean dubha aige deàrrsadh orra nuair a bhios e dèanamh òrain dhi, e cho math air cluich agus cho math air cur às a bhroinn, nach eil iad a' ràdh gun do ghabh e air feuchainn thuice ged nach do dh'innis duine agaibh seo dhòmhsa, an dùil an cuala Iain Nocs, dè bho shealbh a tha esan dol a ràdh mu dheidhinn an dol a-mach a th' anns an àite seo far a bheil ceannard Alba ri còmhnaidh, canaidh Iain gur esan ceannard na rìoghachd le ceartas, fireann chan e boireann, le aonta Dhè.

Farmad is eud.

Phòs Iain Nocs fhèin tè gu math òg, a nàbaidh, phòs. Nuair a bhàsaich am bodach, nach do phòs i Anndra MacIlleChiar, an dearbh fhear a bhrist a-steach do sheòmar Màiri Stiùbhairt is ise còmhla ris an Eòrpach, Anndra leis an daga na làimh, son cur às dha.

Tha thu dol air thoiseach air do sgeul ach gleidhidh sinn cuimhne air Anndra MacIlleChiar, an daga na làimh.

Chan eil fhios dè cho math 's a chòrd e ris an dithis aca, Iain Nocs agus Màiri Stiùbhart, iad a bhith coinneachadh ri chèile, ri deasbad is ri connspaid, esan a' searmonachadh air stinking pride of women agus ise a' cur às a broinn air creideamh ceart is cumhachd Crùin, a' tilgeil air gu robh a' bhuisneachd aige, abair gun do bhruidhinn am Mac aicese a-rithist an aghaidh buisneachd agus 's ann aig na boireannaich a bha e dhàsan, nach do sgrìobh Seumas leabhar a thug an teine gu mìltean mhnathan anns an linn tha tighinn, nach do chuir Iain a ghal i, Màiri, is i trom, thuirt e rithe gu robh e duilich ach gur e na cnuimhean crìoch na feòla ge bith dè cho brèagha is tais.

Chì thu cho math 's a chòrd e riutha is tu coimhead air cleasaichean a' dol an sàs ann an deasbad eadar am fireannach 's am boireannach anns an là an-diugh, a leithid Dom is Anna is Màiri fhèin, ag ùrachadh na dràma air do bheulaibh, iad beò is blàth is analach.

Cuimhnich, ge-ta, chan eil agad ach guth an fhireannaich, esan a sgrìobh an eachdraidh, cuimhnich, na faclan a thàinig sìos thugainn, ann an leabhar.

Feumaidh iad am murt aig Riccio a dhèanamh math son deireadh math son na ciad chluich, nach e am bàs deireadh a h-uile nì, 's e sin a chanadh Iain Nocs, e fhèin is Aristotle air an aon ràmh.

Thu fhèin a' dèanamh Riccio an t-Eòrpach na ghùn sìoda Damascus leis na h-oirean bèin is na stocainnean fada meileabhaid donn, smaoinich, sgrìobh cuideigin sin sìos agus an duine bochd na shlèitich na chuid fala, sin agadsa mar a nithear eachdraidh.

Cuir do cheann dhan a' ghùn neònach, fàileadh annasach is e cho sleamhainn, am fionnadh ga do dhiogladh gus am fàs thu eòlach air, is na stocainnean mòra meileabhaid air an dath le crotal (russet anns an eachdraidh), chan iongantach ged a bhiodh na fir-uasail an Dùn Eideann a' cagar ri Darnley truagh mu dheidhinn dol a-mach Dhaibhidh an t-Eadailteach, balach nan clann-nighean.

Anna ri cuideachadh Mhàiri gus am bi Ise sgeadaichte mar bhànrigh a' gabhail ùine dhi fhèin ag èisdeachd ris a' cheòl Eòrpach, gus an cianalas a chur orra, I dol gu dìomhair dhan t-seòmar a-staigh son feitheamh air Daibhidh le chuid innealan-ciùil.

Seo Dom ann an siosacot, an gunna na làimh, e feuchainn air fast draw no dhà, cha d' fhuair an cowboy bàs, e nise tionndadh gu Kerr, MacIlleChiar, an daga na làimh, làn nimh is farmaid ris an Eòrpach bhoireannta sin, a tha faighinn nas fhaisg air Bànrigh na h-Alba na tha Albannach sam bith, ged a gheibh Iain Nocs a-steach thuice corra uair.

An dà bhoireannach, an dà Mhàiri, iad nan suidhe ag èisdeachd is tu toirt a chreids gu bheil thu cluich air mandoilin is an ceòl èibhinn ri tighinn à casaet, a' chlann-nighean a' cur a-mach nan cairtean Tarot, am Bàs ri tuiteam, siud MacIlleChiar leis an daga na làimh a' leum nar measg ag èigheach ri Màiri Stiùbhart: Thigeadh an duine sin a-mach às an t-seòmar agaibh, oir tha e air a bhith ann ro fhada, an gunna dol ri mo bhus.

Màiri cho àrdanach, na tosd: Tha Daibhidh san t-seòmar agamsa son gur e sin mo thoil-sa, an ann air thu fhèin a chall a tha thu, gun gabhadh tu ort e, bristeadh a-steach an seo.

Ach thig oirnn stad, cha do chuimhnich Màiri Stiùbhart air a' chluasaig, a' chluasag dhubh mheileabhaid a bha còir aice stobadh suas fo gùn gus dèanamh soilleir dhan luchd-coimhid gu robh i trom gun facal a ràdh, dùil ri oighre son rìoghachd Alba, Seumas a Sia, nach cuir sinn a-steach dhan an dealbh-chluich an dìochuimhne seo, pìos math dràma.

Seo agaibh Màiri le Anna ri taobh, Màiri Stiùbhart agus Màiri eile, tè sam bith, Seaton, Beaton, Livingstone, NicLeòid, iad stòlda sèimh gus an tèid Dom gu bhith na Chiarach fiadhaich, Màiri Stiùbhart na seasamh gu cùl, i mòr is trom le Seumas beag, fear-stiùiridh ri cur dreach air gnothaich, an dreach agad fhèin, chan eil dòigh ceart no ceàrr ann, chan eil an seo ach ealain: Cuimhnich, Dom, putaidh tu an dag am broinn Mhàiri.

An dag na broinn, is i trom?

Trom is mar a tha i.

Fhios agad cò tha staigh na do bhroinn, a Mhàiri?

Seumas a Sia, Rìgh Alba.

Seumas a h-Aon, Rìgh Bhreatainn.

Fhios agaibh dè rinn e?

Chuir e gu bàs na Boireannaich bhuidseach agus chuir e na Fir a-null a dh'Eirinn a Tuath.

Màiri a' toirt sùil amharasach sìos oirre fhèin, Anna ga slìobadh.

Cha mhòr nach do dhìochuimhnich sinn gu robh còir againn marbhadh, cur gu bàs, murt an t-Eòrpach, o mar a tha buaidh na dràma a' dol air inntinn an duine.

Siuthadaibh.

Brag bhon dag agus Daibhidh ri tuiteam:

MADONNA, IO SONO MORTO, MADONNA.

Càit an tèid sinn às dèidh siud, eadar-ùine an toiseach agus a-rithist feumar an luchd-èisdeachd a tharraing aon uair eile agus an toirt leinn le ar sgeul gus an ruig iad an catharsis sin a bheir iad dhachaigh leotha, gus a chagnadh mar gun cagnadh tu searmon le duine dha na fir a bh' ann o chionn fhada, iad cho math air cainnt.

An Dara Cluich ri deasachachadh de dhealbh-cluich Misgearachd.

Mòran a' dol air a' chuspair, nach eil, còmhradh air òigridh agus air misgearachd, iad a' cur a' bhaile fodhpa air oidhche h-Aoine, eagal do bheath' ort coiseachd air sràidean Steòrnabhaigh, nach robh iad air an teilidh ged nach tàinig fear a' chamara a-mach às a' chàr, a' dol mun cuairt is mun cuairt na sràid far an robh iad nan gràisg, ag òl is ag èigheach is a' bristeadh uinneagan, na dathan air an sgrion aig an T-Bh mar Breughel, an canadh tu, dè do bheachd?

Mi fhìn dhen bheachd gur e mating ritual a th' aig an òigridh air sràidean Steòrnabhaigh gach deireadh seachdain, feuch an cuir sibh Gàidhlig anns an nòs ùr air mating ritual, cha dèan caithris na h-oidhche an gnothaich.

Deoch, is rudan nas miosa na sin, misg is marijuana, cò ise, marijuana, co-dhiù.

Rud fireann a th' anns a' mhisg, is e mhisg a tha bristeadh nan uinneag, nach e, rud boireann a th' anns an stuth eile, boireannach sèimh socair a th' ann am Mary Jane, 's e sin a chanainn fhìn.

Cha do rinn duine feum a-riamh is e smocadh an stuth sin. Nas motha na rinn e cron, gu dearbha cha chan thu sin mu dheidhinn an stuth chruaidh, bristeadh is pronnadh is droch dhòigh gu leòr na lùib.

Dealbh-chluich tha romhainn, deabh-cluich beò, chan e T-Bh. Cumaidh sinn oirnn leis an sgeul a thog sinn, i cho aithnichte am measg dhaoine, nach cuala sinn uile a-riamh mu dheidhinn Mhàiri agus mu dheidhinn Iain Nocs, fhios nach eil an còrr ann ri ràdh air an dithis sin, a bh' ann o chionn fhada an t-saoghail, dè an donas gnothaich a th' aig Mary Queen of Scots agus John Knox ri staid nan Gàidheal no staid Alba anns an latha a th' ann.

Dè ge-ta mu dheidhinn staid d' inntinn, do cheann air a sgaradh, air a spliodadh na dhà leth, eadar fios is faireachdainn, dèanamh duine mòr dhìot fhèin is eagal do bheath' ort aig an aon àm gun tèid do lorg a-mach agus sibhse, na boireannaich, cho bog is cho bàidheil ris na fir, nach dèan sibh move idir gus am bi ur sùilean air an dubhadh iomadach uair, nach eil làn-fheum aig fir agus mnathan iad fhèin a thruiseachadh agus seasamh suas mar dhaoine slàn, sibh sgur a bhith dèanamh Màiri no Iain dhib' fhèin, nach tòisich sibh ri bhith bìdeag dhen dà chuid, tha fireann is boireann annaibh uile gu nàdarrach an dà chuid agus tha làn thìd' agaibh sguir a shabaisd na aghaidh.

Sin agad Riccio agus Chatelherault, fear-ciùil is bàrd, iad sin samhla air an duine shlàn, boireanntachd is fireanntachd ga shealltainn san aon duine.

Agus chaidh cur às dhaibh, chaidh am murt, cha robh math sam bith gum biodh co-chòrdadh ann, nach fheumadh an inntinn fhireann loidsigeach faighinn làmh-an-uachdair gus ar n-eachdraidh a chur air adhart, gabhail an taobh a ghabh i, an seo agus a-null a dh'Eirinn a Tuath far a bheil an sgaradh damaite sin eadar fireann is boireann ri fhaicinn fhathast, iad a' murt duine sam bith, biodh ceòl ann no às.

Co-dhiù, sgrìobhaidh sinne dealbh-chluich, chan urrainn sinne an còrr a dhèanamh, mi fhìn, is Màiri, is Dom, is Anna.

Toirt a chreids gu bheil thu fhathast ag òl gus fireanntachd air choreigin a chur dhan dealbh-chluich nach fhaic duine beò a tha feumach air fhaicinn, iad anns na taighean-òsda, na bàraichean, cò aca a thig a-mach gu oidhche dràma ann an talla fhuar gun ann ach copan teatha?

Tha latha a' phropaganda air an stèidse seachad, a nàbaidh.

Nach math sin gus an till sinn gu Romansachadh a-rithist.

Ged a thigeadh daoine a-mach ghar faicinn, cò tha dol a dhèanamh steama dhe na samhlaidhean neònach sin, Màiri agus Iain.

Na caraich thusa, a bhalaich, gabhaidh na samhlaidhean sin grèim orra gun fhiosd, greimichidh iad ris an inntinn-ìosal aig an luchd-èisdeachd.

Argamaid nan ealain tro na linntean agad an sin, is cha ghabh i bhreugnachadh.

Is a bheil an argamaid sin fìor?

Freagraidh a h-uile duine sin dhaib' fhèin.

Tha na samhlaidhean glè mhath, Dubh is Geal, cha b' urrainn na b' fheàrr an Alba, Iain is e cho fireann aig èigheach: Such stinking pride of Women, smaoinich an facal sin a thilg e oirnn, stinking, fàileadh nam boireannach, nach eil sin fhèin ag innse dhut.

Ma tha, phòs e tè gu math òg.

Sin agadsa am fireannach!

Cha robh na faclan san latha sin a' ciallachadh an rud a tha iad a' ciallachadh an-diugh ann.

Carson a-rèisd a tha sinn a' dol air ais gu latha anns nach robh ciall anns na faclan dhuinn?

Feumaidh sinn a bhith bruidhinn air Iain agus air Màiri, oir tha an dithis sinn fillte ann an inntinn nan Albannach agus ann an inntinn an t-saoghail cuideachd, nuair a smaoinicheas iad air Alba.

Chan eil dol às ann.

Iain an-dràsda ag èigheach rithe: Ardan lobhte nam boireannach! Luchd an t-sodail a' glaodh riut: Vox Diane, Vox Diane! guth na Ban-dia, gun na Ban-dia, o chan fhaod guth Dhè a bhith ann, o chan fhaod guth Dhè a bhith air a chluinntinn!

Nach esan a bha sìos air na boireannaich agus tha bhuil sin gus an là an-diugh am measg nam fear againn! Theirig thuca, Iain, agus abair riutha, cuir do bhus ris na caileagan agus innis dhaibh a tha cho dèidheil air iad fhèin a sgeadachadh ann an aodaichean spaideil gus a' char a thoirt às na fir: O leadaidhs bhòidheach, o cho math 's a bhiodh a' bheatha seo nam maireadh i agus an uair sin gun deigheadh sinn a dh'ionnsaigh Neàmh sgeadaichte ann an trusgan greadhnach is aodach àlainn, ach thig an Slaightear sin am Bàs ge b' oil leinn, na cnuimhean salach, mosach, gràineil trang an sàs san fheòil agaibh ge bith dè cho bòidheach maoth 's a tha ur corp an-dràsda!

Na Tuathaich leis na cruachainn chaola, bilean tana is inntinn nimheil, nach fhada bho sheòl sibh dhan Iar son murt nam maoth air gainmheach I?

Na can riumsa gur e Ceilteach a bh' ann do Bànrigh Màiri agus Tuathach de Lochlannach a bh' ann an Iain Nocs?

Is e, gun teagamh, ann an dòigh samhlachaidh mar a th' agad ann an seo, 's e sin an fhirinn, Ceilteach an aghaidh Lochlannach, Boireann an aghaidh Fireann, Celtic versus Rangers.

Celtic versus Rangers, cò ghabh?

Celtic One, Rangers Three.

Is e an Away Team a rinn an gnothaich, 's e.

Three-One?

Three-One!

Balaich Alba ri leantainn a' futbol air feadh na Roinn-Eòrpa nan stocan is nan sgiortaichean tartain, a h-uile duine ghan aithneachadh agus a' coimhead orra eadar spèis is eagal, nuair a thig iad dhachaigh air an tàmailteachadh a-rithist, cha dèan iad ach na canaichean leann a phronnadh nan dùirn: Fuirich thusa gus an ath turas, thig an latha nuair a bhios na h-ealain againn ainmeil aon uair eile, balaich Alba ri dannsa leis a' futbol aig an casan, a' tionndadh gu siùbhlach son am ball a dhìon agus ga bhualadh cho dìreach ris a' pheilear gus tulgadh an lìon, wha's like us, is bidh an Rìoghachd againn fhathast air thoiseach ge b' oil leotha.

Sin far a bheil an dràma agus chan ann am broinn an talla seo air oidhche robach gheamhraidh le samhlaidhean Màiri Stiùbhart is Iain Nocs a' toirt an cuid aodaich dha càch-a-chèile agus ri dannsa air ùrlar aluminium, na bi cantainn riumsa gu bheil na fir againne son tionndadh chum a leithid, iad a' diùltadh nam posters a chur suas, nach do chuir fear smugaid a-mach: Should be run out of town, eagal gu leòr bho dràma beag neo-chiontach ach nuair a thòisicheas tu bruidhinn air an òl mar rud a tha fireannaich ri dèanamh airson na dùirn a bhith gan dùnadh, look out, agus dè mu dheidhinn na tha a bhoireannaich ag òl anns an latha a th' againn?

Chan eil na boireannaich ach a' feuchainn ri cumail suas riuthasan, dè 'n còrr as urrainn dhaibh a dhèanamh son iad fhèin a dhìon?

Co-dhiù, chan eil am Prohibition gu feum sam bith.

Nas motha na tha na pubs a bhith fosgailte gu uairean mòr na maidne.

Chan eil na daoine tha os ar cionn math gu leòr airson nan daoine a tha iad a' riaghladh.

Mura h-eil, nach e sib' fhèin a chuir ann iad?

Ma chuir sinn ann iad, bodaich gun fheum nach gabh cur às, le tancaichean no le bhòtaichean, chan eil e gu diofar aig deireadh an latha, feadhainn eile ri tighinn às an dèidh, na bliadhnaichean a' dol seachad is daoine fhathast fèir mar a bha iad, cha tig crìoch air an t-saoghal is mac an duine cho tiugh na cheann, co-dhiù, fhad 's a bhios esan san Taigh-cluiche a' coimhead air a' Chleas cha bhith am botal air a chlaigeann, dè, is na boireannaich ag òl an-diugh, nach iad as miosa na na fir, nach fheum iad sin son gu nochd iad gu bheil iad nas fheàrr na na fir, an rud a tha iad, cha leig iad a leas a bhith a' gabhail na deoch son sin a dhearbhadh, mar as math a tha fhios aig an fheadhainn as banail, iadsan a tha cho glic ris an t-saoghal fhèin, nì iad an rud ceart gun smaoineachadh mu dheidhinn, chan fheum iad sin botal no smoc na pile, wha's like them?

Ma tha Buidheann Dràma Gàidhlig gu bhith slàn, cha bu chòir a bhith ann ach boireannaich, ma tha fireannach gu bhith idir ann, feumaidh esan Anima a nochdadh, an Tè sin a tha a-staigh, chan e an tè a tha muigh san t-saoghal a tha esan a' sealg sa h-uile àite, an Tionnsgnadh sin a tha dalladh an fhir is ga chuir air an t-seacharan, ach ciamar bho Dhia a tha thu dol ga h-aithneachadh, an ann a' feuchainn ri co-chòrdadh a dhèanamh tha thu mar tha, sin a' chiad grodadh, a nàbaidh.

Agad an-diugh ri dhol gu tiodhlaiceadh, no tòrradh mar a chanas cuid. Nach iongantach mar a thig am bàs nad aghaidh nuair as fheàrr a bhios tu dol? Carson a dh'fheumas mise mo chuid sgrìobhaidh fhàgail son mi fhìn a dhreasaigeadh, le taidh dhubh is lèine gheal, coiseachd gu ceann eile a' bhaile, seasamh a-muigh aig cruach mhònach, ma gheibh mi faisg oirre, mo bhrògan gleansach bruisichte dol fodha sa pholl, ag èisdeachd ri còmhradh dhaoine nach tigeadh faisg orm aig àm sam bith eile? Eadar a bhith dèanamh nam freagairtean beaga, tha thu cuimhneachadh air tiodhlaicean eile, feadhainn gu math na b' fhaisg ort na 'm fear seo air a bheil thu 'n-dràsd', feum agad air smoc agus air mùn, an t-uisge air a dhol sìos cùl d' amhaich, cha dèan na brògan sin an còrr dheth. Mura tèid mi gu tiodhlaiceadh a chaoidh tuilleadh an dùil an tig duine idir chun an fhir agam fhìn?

A h-uile nì ag atharrachadh nuair a thig a' chiste a-mach às an taigh agus a thèid sinn nar sreath dhùbailte air an rathad às a dèidh, ach carson nach fhaod na boireannaich a thighinn còmhla rinn chun a' chlaidh?

Chan eil feum sam bith air dràma, a nàbaidh, ann an coimhearsnachd far a bheil tiodhlaicean iongantach mar seo, nach eil a h-uile duine san àite ga thiodhlaiceadh mar a chaidh Churchill?

Fear anns a' chladh is e air tilleadh bho splaoid gu New Zealand: Lorg mi Aonghas againn, dà fhichead bliadhna bho leum e an t-soitheach, thuirt iad ris an uair sin, na balaich a bha thall roimhe, Ol tòrr ruma is na sgrìobh dhachaigh, tha e nis às a chiall leis a' chianalas, clean às a chiall.

Tha ge-ta, a bhalaich, feum air dràma, feum againn uile air dràma, 's e sin an dràma bheò, cuimhnich an dràma bheò, do nàbannan blàth ri do thaobh anns an èisdeachd, ach chan eil mi idir cinnteach a bheil feum air telebhisean.

Nad sheasamh air an tràigh aig muinntir an telebhisean is do chasan anns na brògan boga ri dol fodha sa ghainmhich mar a tha do chuideam a' toirt air an t-sàl èirigh suas san làrach sin far a bheil thu steigte, robh ait' eile idir aig an stiùiriche anns an cuireadh e thu air cladach anns a bheil raointean de ghainmheach thioram, guth aigesan ach gum bi na dealbhan air do chùlaibh, a tha na balaich a' togail dha leis a' chamara, freagarrach son an rud a th' aigesan ri ràdh, chan e an rud a th' agadsa ri ràdh, an cuala duine riamh rud cho ladarna, duine tighinn dhachaigh an seo agus an sgriobt aige air a sgrìobhadh mus tig e: Canaidh tusa siud agus seo agus togaidh sinne na creagan agus na taighean sin a th' air do chùlaibh. Carson a tha sibh bodraigeadh idir le facail is gun nì air ur n-aire ach togail dealbhan brèagha, cò tha dol a dh'èisdeachd ris na facail aig deireadh an latha, nuair a thèid am prògram a-mach air oidhche gheamhraidh, cha tèid feart a thoirt air na chanas tu ge bith dè cho dìcheallach 's a bhios tu a' feuchainn ri innse mu dheidhinn deoch is do dhaoine is dràma, chan urrainn dhan stiùiriche toirt ort ràdh rud a chòrdas ris-san ann, ge-ta, chan eil Gàidhlig aige, can an rud a thogras tu, ach dè 'm math, chan èisd Gàidheal ris na facail agus cha leugh na Goill na fo-thiotalan, mo chasan a-nise bog fliuch.

Plub air do chùlaibh anns a' ghlumag air an tràigh, plub aig a' bheathach èisg a ghlèidh thu is e air grunnachadh, plub anns a' ghlumag air an tràigh air do chùlaibh, cha tog fuaimeadair an stiùiriche e, nach iongantach mar a dh'fheumas an dallag a bhith putadh a sròin ris an tìr, feuchainn eadar dà shaoghal?

Na bi cuir sìos air an T-Bh, a bhròinein, nach eil fhios agadsa gu bheil na dealbhan sin rim faicinn air feadh an t-saoghail, nach do chuir an T-Bh às do Ghàrradh Bherlin leis a h-uile nì a thàinig às dèidh sin?

Tha mi coma, ann ach druga, nam biodh Iùdhach Mòr na Feusaig beò an-diugh, 's e chanadh e: Television is the opium of the people.

Smaoinich, nam biodh an T-Bh air a bhith ann aig àm Hitler, cha robh e air smachd fhaotainn idir air inntinn nan Gearmailteach, nach e an dràma mhòr bheò a-muigh agus an guth suainealach air an rèidio a mheall iad gus smaoineachadh nach robh fir ann dhen leithid is gu faodadh iad dèanamh mar a thogradh iad, fada nas miosa na na beathaichean. Chanainn fhìn gur e druga tòrr mòr nas fheàrr na dùsgadh damaite dhen t-seòrsa sin, druga sam bith, deoch no cainb, no co-leabachas.

Ach ciamar, a Ghàidheil, a bhios tu beò ann an linn Aquarius? Linn nan Iasg gu bhith seachad agus Tè eireachdail le gruag fhada mu druim ri nochdadh anns na speuran le croga mòr uisge air a gualainn, nach I a fhreagras ort, dè, Anima dha-rìribh?

Siuthad, dèan sgrìobhadh son linn Aquarius.

EARRANN 4

Nuair a chaidh iarraidh orm sgrìobhadh son sgannan mòr stèidhichte ann am baile Phort Rònaigh o chionn ceud bliadhna, bha dùil 'am gum biodh e furasta gu leòr; is beag a bha dh'fhios 'am air na duilgheadasan doirbh is troimh-chèile a bhios ag èirigh an cois dèanamh film, gu seachd àraid fear tha dol ga fhaicinn air feadh an t-saoghail.

Nuair a bha mi òg, cha robh ann ach Hollywood is am Playhouse air a' Mhol a Deas ach tha gnothaichean air atharrachadh gu tur an-diugh; tha sinn eòlach gu leòr air sgioba camara air Sràid Chrombail is bhidio an tac an teine.

Nach robh sinn fhathast dhen bheachd gur e rud math a bh' ann a bhith ag ath-chruthachadh ar n-eachdraidh, an sgeul a dh'fhoghlaim sinn dhuinn fhìn, agus nach robh cuid againn ag iarraidh gun deigheadh an sgeul sin a leughadh san t-saoghal mhòr a-muigh? Nach robh feum againn air tighinn an coinneamh ar cultair le fìreantas gus àite-seasaimh stèidheil a dhèanamh dhuinn fhìn mar Ghàidheil agus sinn ri dol a chum an 21mh ceud, ag èaladh a-steach do Linn Aquarius, a' cur ar cùlaibh ris na linntean àicheanach a dh'fhalbh agus a' cur ar n-aghaidh air na linntean dearbhach a tha teachd.

Seall air a sin, chan urrainn dhut smaoineachadh air oidhirp cho suarach ri balgaire de sgannan, gun a bith dèanamh iodhal is ìomhaigh de rud a tha càch a' faicinn mar chur-seachad beag air telebhisean — ach eil fhios nach ann mar sin a dh'fheumas sinn a bhith son gu seas sinn còmhnard air a' charraig againn fhìn am meadhan fairge fharsainn nam media?

Cha ghabh film a dhèanamh gun sgrìobhaiche: Anns an toiseach tha am facal, ged as iomadh duine nach creid e.

Ceud bliadhna air ais — daoine beò ri taobh na fairge, biadh san fhairge, biadh fallain a tha ag iarraidh a shireadh, fir a' dol air a thòir son an cuid teaghlaichean, bàtaichean beaga ri dol fodha sa ghèile, boireannaich a' siubhal nan cladaichean son foghlam am banntrachas, chunnaic do sheanmhair na cuirp a' tighinn dhachaigh air dorsan, chunnaic do mhàthair na bàthte air làraidhean ann an cisteachan-laighe an Nèibhi, an-diugh fhèin chì thusa na bodybags air an telebhisean ri tac an teine.

A' chiad pearsa, ma-tha, banntrach, banntrach òg, cò tha dol a-mach a dh'fhaicinn seann bhanntrach? Bidh a' bhanntrach againn òg, anabarrach òg, agus brèagha, ge bith dè tha brèagha a' ciallachadh, an dùil a bheil i trom? Chan eil i trom idir, cò riamh a chunnaic banaghaisgeach a bha trom, ach tha fhios gu bheil leanabh òg aice, balach, sin agad e, mac aice, maighdeann òg le mac, sin agad tiotal an fhilm agad ann an sin fhèin, Maighdeann Phort Rònaigh, ceòlraidh is anima.

Nach robh tè dhed shinnsireachd a chaidh fhàgail na banntraich aig ochd bliadhna deug is i trom leis a' chiad fhear?

Bha gun teagamh a leithid de nighean ann agus seach nach eil duine an-diugh aig a bheil cuimhne chorpach oirre, faodaidh ar mac-meanmna ise ath-nuadhachadh gun cus dragh a ghabhail mu dheidhinn fìreantachd, an seòrsa fìreantachd uireasbhach sin a bhios ri fàgail daoine an amhaichean a chèile, gun fhios carson, is gun ceartas ri lorg, ged a gheibh sinne fìreantachd a nì sàsachadh dhuinn ann an cruth uirsgeil mas urrainn buille an fhacail sin a bhith faisg gu leòr dhuinn air an fhacal fiction son gun cleachd sinn e san deasbad seo.

Ach fàgaidh sinn an deasbad nach cluinn sibh co-dhiù is thèid sinn air adhart le ar sgeul, oir feumaidh sgeul a bhith ann mus bi sgannan, anns an toiseach bha an sgeul, sgeul aig a h-uile duine dha fhèin, gu dè tha na do chuimhne is do meomhair ach sgeul a tha thu ag innse dhut fhèin, is do chàch ma dh'èisdeas iad riut?

Sgeul no uirsgeul, cò nì sgaradh?

Cò tha dol a dh'innse na sgeòil aig Ceit, nighean Leòdhasach is i aig aois 18 na banntrach le balach beag o chionn ceud bliadhna, fhios gu robh cuideigin ann am Port Rònaigh sa bhliadhna 1900 nach robh an còrr aige ri dhèanamh ach a bhith siubhal a' bhaile a' bruidhinn ri daoine, a' cnuasachadh is a' dol dhachaigh, is mathaid son notaichean a dhèanamh son leabhar, fear nas sine na Ceit, fear le foghlam ach nach eil làidir gu leòr son am foghlam sin a chur gu feum anns a' bheagan dòighean a bha freagarrach dhàsan, tidsear, can, no ministear, sin e, fear aig nach robh — aig nach eil — sgil sam bith a thaobh airgeadachd is marsantachd, ach fear a tha dèidheil a bhith coimhead le coibhneas air a cho-chreutair, nach fhaod esan innse dhuinn mun bhaile agus mu Cheit sa bhliadhna 1900, nach fhaod e nochdadh anns an sgannan againn, nach fhaod e bruidhinn rinn a-mach às an dealbh, à film a tha sinn a' dèanamh, is nach fhaod e an uair sin tionndadh a-steach air ais do shaoghal an sgannain, gus dèanamh còmhradh ri Ceit is ris na pearsachan eile a tha gluasad am Port Rònaigh sa bhliadhna 1900?

Sinn againn an dara pearsa, fear na sgeòil, chan e fear-aithris a-mhàin ach fear-cluich cuideachd, ministear caran òg làn foghlaim, le cus foghlaim do chuid, nach d'fhuair a-riamh èigheach bho coitheanal, is sin ga fhàgail na fhear-coimhid am Port Rònaigh o chionn 100 bliadhna, feumaidh sinn ainm a thoirt dha ach chan eil sin furasta, tha mòran an crochadh ris an ainm, an t-ainm ag innse uiread mun neach air a bheil e. An e ainm Leòdhasach, no ainm Gàidhealach, no ainm Gallda a bheir sinn air an fhear-aithris san fhilm againn, làn fhios gum biodh far-ainm aig muinntir Phort Rònaigh air co-dhiù, an dèan far-ainm an gnothaich, nach can sinn Mister Ess ris?

Fhios gum bi esan a' tuiteam ann an gaol le Ceit!

Sin agad dithis dhe na tha feumach son film a chur air bhonn agus iarraidh tu dithis eile co-dhiù, seòrsa de Nàmhaid a chuireas tu an aghaidh na Bana-ghaisgich agad agus, seach gur ann boireann a tha I, feumaidh tu caraid a thoirt dhi, aon charaid air a' char as lugha ach bheir sinn dà charaid do Cheit, tè à Port Rònaigh fhèin a tha math air a' chutadh agus tèile a tha annasach do Cheit is do chàch, 's e sin boireannach soifiostaiceach a thàinig à St Petersburg an tòir an sgadain, chan ann son gu faigh sinn cuideachadh le airgead son dèanamh sgannan bho na Ruiseanaich, chan eil airgead aca (thathas a' ràdh) ach son gum bi buaidh fharsaing Eòrpach air a' ghnothaich. Chan e àite beag aonranach a bh' agad am Port Rònaigh idir, is chan e riamh; Henny à Ionacleit is Madame Kupper a Ruisia, sin iad.

Ach 's e an Nàmhaid fhèin as cudromaich, nach e, ann an dràma sam bith, agus seach gur ann air nighean òg, banntrach òg, a tha sinn a' bruidhinn, nach dèan Nàmhaid boireann an gnothaich math — agus nach dèan i an gnothaich ann an dòigh is nach eil fhios aig Ceit, no aig an luchd-coimhid, no fiù aig an Nàmhaid fhèin, gur e nàmhaid a th' innte — Emmeline (sin an t-ainm a th' air an Nàmhaid aig Ceit nach eil duine ag aithneachadh), Emmeline Percy a tha a' còmhnaidh sa Chaisteal thall sa Ghearraidh Chruaidh, na Ladies Companion ge bith dè a' Ghàidhlig a chuireadh tu air a sin, agus i air Lady Bountiful a dhèanamh do Cheit, le bhith ga toirt a-steach chun a' Chaisteil air mhaighdeannas, ise son cuideachadh banntrach òg le balach beag; gu dè nì Ceit leis a' bhalach ach fhàgail aig muime fhad 's a tha i an ceann a consnaidh sa Chaisteal, oir chan fhaod an leanabh a bhith còmhla rithe aig a h-obair, tha Cailleach a' chaisteil tur an aghaidh a leithid, pòsadh ann no às; chan eil Emmeline ach beagan bhliadhnachan nas sine na Ceit, gu math òg an taca ri Henny bhochd is Madame Kupper.

Carson tha Ceit deònach an leanabh aice fhàgail aig tèile son am bainne thoirt dha agus a dhol chun a' Chaisteil a dhèanamh cosnadh? Na ceistean ag èirigh sa bhad, nach uabhasach a' bhuaidh a th' aig an luchd-leughaidh airsan a dh'fheuchas ri sgrìobhadh san stoidhle nàdarra — cò dh'innis do Miss Emmeline gu robh leithid Ceit agus Iain Bhig ann son gun dèanadh ise coibhneas riutha, cobhair orra?

Uill, bha 'n t-ainm aig Ceit aig a' Bhancair sin a bha coimhead às dèidh an airgid a chaidh a thogail son nam banntraichean a chaill am fir sa Bhàthadh Mhòr air a' Chosta an Ear agus bha ceangal aig a' bhancair ris a' Chaisteal, is nach do dhiùlt Ceit airgead a ghabhail bhon Fisherman's Widows Fund ged a bha i trom?

Carson a dhiùlt i airgead is i gun maoin, ach co-dhiù, nach robh iadsan aig an taigh deònach, is cinnteach, cobhair is cuideachadh a thoirt dhi, an robh, an dùil an e gun do phòs i cho òg, is gun do phòs i fear Gallda, carson nach do dh'fhuirich Ceit thall far an robh i air Ghalldachd, nan robh i air èisdeachd ri càch agus pòsadh an Gàidheal a bha cuideachd às a dèidh, air feitheamh gus an do thill iad dhachaigh bhon iasgach, tha fhios nach biodh i an-diugh na banntrach idir?

Fada cus de cheistean, chan eil crìoch orra ach cumaidh sinn oirnn, no cha bhi sgannan no sgeul againn, nì duine an gnothaich glè mhath gun filmichean ach tha feum againn uile air sgeul, nach e seanchas tha nar beatha, nar cuimhne, gach duine againn, a h-uile neach le eachdraidh fhèin, mar a dhùisgeas i suas bho grunnd inntinn mar a chì thu osag gainmhich ag èirigh nuair a chuireas tu dragh air leòbag is tu siubhal tro ghluma shoilleir air cladach tràghte.

Sin agad na pearsachan as cumhachdaich san sgannan againn, sgannan dà-chànanach, a dh'fheumas a bhith le fo-thiotalan, an e film sa Ghàidhlig le fo-thiotalan Beurla no film sa Bheurla le fo-thiotalan Gàidhlig, thusa ri fanaid. Na bi cho daft, dè feum a th' air fo-thiotalan sa Ghàidhlig: Ach smaoinich mionaid, mas e film sa Bheurla a th' agad air an dearbh chuspair a th' againn an-dràsda, tha fhios gu feum thu fo-thiotalan Gàidhlig no cha bhi blas oirre no gnothaich aice ri cànan, ri dòigh-beatha nan daoine air a bheil thu a' bruidhinn, fiù 's iadsan a thogadh am baile Phort Rònaigh, ged as e Beurla annasach a' bhaile mhòir a tha iad a' bruidhinn nach eil an cànan aig muinntir Phort Rònaigh fhèin stèidhichte air a' Ghàidhlig is làn dhith, de ghnàthasan cainnte is faclan is blas?

Agus, seach nach gabh cànan sam bith a chur do chànan eile cunbhalach idir, feumaidh tu sgrìobhadh na th' aig na daoine san fhilm agad ri ràdh dà thuras, ach a-mhàin Miss Emmeline Percy aig nach eil ach aon chànan is aig nach bi ach aon chànan, is Madame Kupper aig a bheil seachd cànanan, le mòran Beurla is na h-uimhir de Ghàidhlig nam measg sin.

Carson tha feum air fo-thiotalan mas e is gur e sgannan ceart a th' ann, art film, dè feum a th' agad air bruidhinn idir, nach eil cuid a' ràdh gun thòisich filmichean a' dol air ais riamh bho chaidh fuaim a chur oirre? Smaoinich fhèin air duine a bhith coimhead air sgannan balbh air an telebhisean, gun fuaim ri chluinntinn ach na càraichean a' dol seachad air an rathad, an taigh cho sàmhach is cho mì-nàdarrach, fhios nach seasadh duine sam bith ri bhith coimhead air film gun fhuaim air an telebhisean!

Cuiridh sinn eadar-theangachadh chun dara taobh agus againn ri dhol air adhart son sùil a thoirt air cuid dhe na pearsachan eile air am bi feum, son an sgeul againn innse; aon duine a tha mi fhìn uabhasach deònach a bhith san sgannan seo agus ged nach eil muinntir nam filmichean a' gabhail ri leithid, is gann a chaidh dràma a sgrìobhadh anns na linntean a dh'fhalbh as aonais a' charactair seo agus 's e sin — Tarr Rah! An t-Amadan, cuiridh sinne amadan dhan sgeul oir is ioma facal glic a thig a-mach à beul an amadain, is seach nach ann a' fanaid a bhios sinn, feumar ainm a thoirt dha (feumar ainm a thoirt dha co-dhiù, son gu nochd e air an sgriobt) agus 's e an t-ainm sin Iain Daft, chan e Daft Iain, smaoinich air a sin, faic càit a bheil am buadhair a' nochdadh, às dèidh an ainm, 's e Beurla Phort Rònaigh a th' agad is i fo buaidh na Gàidhlig, oir 's ann am Port Rònaigh a rugadh 's a thogadh Iain còir, nach esan am balach a dh'fhàgadh aig Henny bhochd nuair a dh'fhalbh an duine aice air bhòids o chionn fichead bliadhna is e gun tilleadh fhathast, ach tha ise togail Iain cho math 's as urrainn dhi, oir tha barrachd cùl ann a Henny na shaoileas tu, boireannach foghainteach, nach crom a ceann do dhuine geal, ged a ghabhas i drama air oidhche Shathairn'.

Nuair a bha Iain Gòrach na b' òige, mus do dh'fhàs e suas gu bhith na chnapach tapaidh còrr air sia troighean, dh'innlich e cluiche a bhiodh aige còmhla ris na balaich agus innsidh Mister Ess dhuinn dè mar a bha e a' dol, tha fhios gun dèan a' chluiche sa sealladh dramatach anns an fhilm a mhaireas suas ri leth-mionaid na beagan nas fhaide. Cluinnidh sinn am fuaim glòrach ag èirigh bho dhruim Iain, dùirn a' bhalaich a' bualadh air a dhruim mar dhruma fhad 's tha càch a' seinn an òrain, seo guth Mister Ess:

An ceannard a' seasamh le dhruim ris a' bhalla, am fear a tha ìosal na chrùban le cheann ri stamag a' cheannaird, fhad 's tha esan a' gabhail dha druim Iain le dhà dhòrn (oir is e Iain Daft bu tric a bha san t-suidheachadh seo, an e gu robh e a' còrdadh ris a bhith dèanamh druma dhen druim aige) fhad 's a bha na balaich a' sianns:

Timmaree Timmaroh Timmaradie O!

Gad bhualadh le brag mòr!

Fhios gu faod sinn an sealladh seo a dhèanamh stèidhichte anns an là an-diugh, 1900, le Iain na dhuine mòr, nach fhaod an t- amadan dèanamh an rud a thogras e, ach ciamar a chuireas tu inbhich Ghàidhealach còmhla ri Iain Daft is iad ri cleasachd ghòrach mar seo: An dùil nach fhaodadh an deoch a bhith orra, dè?

'S e àite làn dhaoine aig a bheil ùidh ann am feallsanachd is creideamh Port Rònaigh is 's e fhathast, is chan urrainn dhut sgeul no sgannan a dheasachadh mu dheidhinn gun bualadh air a sin, nach cuala sinn cho tric na bha de bhùithtean greusaiche sa bhaile, 30 co-dhiù, is a h-uile bùth na colaisd'-deasbaid aig bodaich a' bhaile, seadh, fir an àite, cha robh guth nam mnathan ri chluinntinn aig na h-argamaidean domhainn ud, sin a' fàgail gur ann gu math tioram a bha na co-dhùnaidhean aca, chanadh Henny co-dhiù — is dòcha gun canadh Mister Ess cuideachd, sin bu choireach nach d'fhuair e càlla a-riamh, gu robh esan ro bhog is nach dèanadh e ach ministear maide.

Sin a' fàgail gu feum pearsa fireann làidir a bhith anns an dealbh againn, fireannach le beachdan cruaidh fèin-fhìreantachd, greusaiche le bheul làn tarraigean is a chridhe mar an ceudna, a chruthaicheas paidhir bhrògan àrd leathair dhut nach fhaigh thu 'n leithid eadar Lerwick is Yarmouth, brògan-mòr a' Ghreusaiche Chuagaich a tha a' cur seachad a latha is pàirt math dhen fheasgar na shuidhe an uinneag a bhùth air Point Street, a' bualadh le òrd is a' cur sgian air leathar.

An dùil a bheil pearsachan gu leòr againn a chuireas sinn do bhaile Phort Rònaigh son innse sgeul inntinneach a tha 'g èirigh a-mach às an àite fhèin mar a tha sinne ga fhaicinn o chionn 100 bliadhna? Fhios nach eil — cò tha ruith a' bhaile, cò tha a' cur gnothaich air adhart aig an àm; nach eil iadsan a tha dèanamh sin fhathast — na fir-lagha is muinntir an airgid is iadsan a chaidh a chur le cumhachd os ar cionn.

Fear-lagha, ma-tha, Bancair, Seumarlan, càite na dh'fhàg thu an Seumarlan is am Pròbhaist mar an ceudna?

Ach cuimhnich, am fear a nì chùis air fear-lagha, is air bancair is air seumarlan — uaireannan is sinne ga mholadh ged a b' e an dearg mhèirleach a bh' ann, dè Ghàidhlig a th' air Entrepreneur? — sin agad am balach a nì othail san àite, am fear a bhios sinn uile a' coimhead air, le fearg, le farmad agus a' saoilsinn mòran dheth gun fhios nach dèan e fàbhar dhuinn, gun tuit sgadan a-mach às an làraidh aige, gun toir e dhuinn airgead son bàta ath-dhìolta fhaotainn, is am Bancair air diùltadh, son gun tuirt an Seumarlan ris nach do phàigh sinn na fiachan a bh' aige oirnn, is am Pròbhaist a' ràdh nach robh bhot againn a bheireadh sinn dha, seach gur ann bhon tuath a tha sinn, annad ach Maw.

Fhios gu feum ainm a bhith air na pearsachan seo, chan e gu bheil daoine a' toirt mòran feart air ainm nuair a tha iad a' coimhead air film, a h-uile nì cha mhòr tro na sùilean, na sùilean agad ga do bhòdhradh chionn 's nach cluinn thu dè tha daoine ag ràdh san sgeul a tha deàrrsadh mud choinneamh air sgàilean beag no mòr, nad aonar no leis na ceudan mud thimcheall ged tha thu leat fhèin an dèidh sin, ach feumaidh sinn na caractars ainmeachadh gus nach tèid sinn troimh-chèile leotha fhad 's a bhithear a' dèanamh an sgannain seo.

Fhios gur e an t-Entrepreneur am fear as tarraingich, fhios againn uile de seòrsa dhaoine a th' agad nuair a bhruidhneas tu air Bancair, no Fear-Lagha, no Seumarlan, nach eil? Ach gu feum sinn a bhith faiceallach nach eil na pearsachan sin dol nan cliches oirnn, 's e sin an cunnart, ged, air an làimh eile, nach ann son 's gun dèan iad mar a tha dùil againn a tha iad idir ann?

Dùil 'am gu lorgainn facal Gàidhlig son cliche ach cha do lorg, nach ann Frangach a tha e ge-ta, am facal cliche?

Fhios gum biodh far-ainm aig muinntir Phort Rònaigh air an

fhear-gnothaich sheòlta a th' againn san sgannan, an t-Entrepreneur, facal Frangach eile, dè mu dheidhinn an Tycoon a thoirt air, a thòisich na chaidsear mus do dh'fhàg e sgoil le lothag is spring-cart a fhuair e air iasad son seusan an sgadain, e pàigheadh air a shon leis an fhodar a bha e a' cruinneachadh as t-foghar bho achadh nan tuathanach, às dèidh dhan bhuain a bhith seachad.

Chan eil againn a-nis ri chur air dòigh ach na pearsachan as lugha, muinntir giùlan na sleagha mar a chante riutha air an stèidse, ged tha sgannan eadar-dhealaichte bho dràma stèids, oir feumaidh tu duine air leth a bhith agad mu choinneamh gach pàirt ann am film, dòigh an sgannain cho Nàdarrach, eil fhios carson tha seo, an dùil an e Hollywood ... ach co-dhiù feum againn air boireannach aig a bheil leanabh i fhèin son am bainne thoirt do dh'Iain Beag (an dùil am bi ise a' ràdh ri muinntir an àite: Chan eil bainne aig Ceit ann), ach a thuilleadh air a sin feumaidh sinn cèile-pòsda thoirt dhi, do Mhàiri, oir sin an t-ainm a bhios oirre, Màiri a tha beathachadh an dà leanaibh, tha 'n duine aig Màiri na iasgair, chan eil bàta aig' dha fhèin idir, ach bidh e anns a' chriutha aig Bucach tro sheusan an sgadain, seo ri fàgail Mhàiri na h-aonar aig an taigh (is b' e sin an taigh bochd, gun ac' ach bothan air còrr a' bhaile, gun dùil aig duine dhen dithis ri cothrom air talamh, is dòcha feannag son buntàta), agus cha bhi e ro fhada gus am faigh an duine aig Màiri bàirlinn bhon t-Siorram son am bothan a leagail gu làr, an Seumarlan air seo òrdachadh ach esan air diùltadh agus cò chuireadh umhail air, e falbh chun iasgaich gun àite eile aig anns am fàg e Màiri is an dithis bheaga tha 'n urra rithe, fhios gun cuidich Ceit iad gun till e dhachaigh as t-foghar, fhios gu bheil am pàirt aig Màiri dol a dh'at nas motha na bha dùil mas e is gun tig sgalagan bhon t-Seumarlan a rùsgadh a' bhothain bhochd aice.

Bheir sinn Murchadh air an duine aig Màiri agus Dòmhnall air a bhràthair as òige, seadh Dòmhnall sin a bha sùil aige ann an Ceit mus do phòs i an Gall an-uiridh aig an sgadan.

Tha mi creidsinn gum biodh e na b' fheàrr tòiseachadh leis na th' aig Mister Ess ri innse dhuinn mu dheidhinn a' bhaile bhig iomallaich air oir a' chuain (air neo am baile as motha san t-saoghal mas ann air sgadan dhe gach seòrsa aig deireadh an 19mh linn a tha thu a-mach), ach dè mar a chòrdas sin ri luchd-coimhid is iad cho eòlach air T-Bh is film fosgladh le gnìomhachas cabhagach a tha dèanadairean nan sgannan a' smaoineachadh a ghlacas aire dhaoine (agus chan e Hollywood a thòisich seo — nach robh Aristotle fhèin a' ràdh: Tòisich am meadhan na sgeòil, ach an dùil am feum sinn feart a thoirt air Hollywood no air Aristotle tuilleadh, agus seach gur e sgeulachd ann an leabhar a th' agad sa chiad dol a-mach tha sinn dol a dh'fhosgladh ar n-eachdraidh le facal bhon mhinistear maide:

Nuair a sheasas mi gu h-àrd air mullach Cnoc na Croich is mi a' coimhead tarsainn a' Bhàigh, abair thusa gu bheil an t-àite sèimh is dòigheil is bòidheach; ach nuair a thèid thu faisg air a' bhaile, steach na theis-meadhan, thig mì-rian is duaichneachd fod aire; tha an dà dhòigh amhairc sin rin ainmeachadh mar Romansachas is Fìorachas agus chan eil a h-aon aca fìrinneach.

Sin agad a' chiad sealladh, ma-tha, am baile beag bòidheach shìos fodhad aig ceann a' bhàigh (feumaidh sinn bàta siùil no dhà a chur ann) is Esan (Mister Ess) na sheasamh na dheise ghlas, le coilear cruaidh mu amhaich is bat' aige na làimh air bàrr a' Chnuic, e coimhead sìos air a' bhaile, an guth aige ga chluinntinn, e tionndadh an uair sin gus am faic sinn na bilean ri gluasad, an t-aodann aige dearbhadh a bhristeadh-dùil (carson?) ged a tha e fhathast òg is eireachdail, e tighinn nas fhaisge is nas fhaisge oirnn gus am bi a ghnùis a' lìonadh an sgàilein, mu dheireadh gus nach fhaic sinn ach na sùilean brònach — cò an t-actar a tha thu fhèin a' faicinn ga dhèanamh (chan eil Gàidhlig aig an duine sin ann) is chan eil feum aig sùil air facal, cuimhnich.

Nach tionndaidh sùil a' chamara a-nis chun a' Chaisteil gus am faic sinn gur ann air taobh thall a' bhàigh a tha e na sheasamh am measg nan craobhan coimheach a chaidh a chur gus toileachas a thoirt dhan Leadaidh òg a bha uaireigin a' còmhnaidh sa Chaisteal, fhios gu bheil i beò fhathast, is Emmeline Percy aice a' ruith nan gnothaichean boireannta sin a bhuineas do Leadaidh aig a bheil oighreachd fo smachd, fhios nach gabh an Seumarlain gnothaich ri obair taighe, no obair caisteil, no ri Sgoil na Leadaidhs nas motha, obair bhoireannach tha sin, obair anns nach eil mòran feum, dè math dhut i a bhith feuchainn ri leadaidhs a dhèanamh de chlann-nighean a tha mòran nas toilichte a bhith suas gun amhach ann an guts an sgadain na bhith toirt mugaichean mòra geala làn uisge teth a-steach do sheòmairean-cadail nan uaislean, ged a tha Ceit Flett aig Miss Percy ga cuideachadh an-dràsda son cosnadh, i faicinn seo mar dhòigh i bhith 'n urra ris na nì i fhèin, fhad 's a leanas an geamhradh, an dùil an iarr i air ais chun an sgadain nuair a thig an t-àm, ged tha Miss Percy làidir dhen bheachd gum bu chòir do Cheit a dhol air adhart anns an fhoghlam, gun dèanadh i Cambridge dheth latheigin, sin beachd Emmeline is i làn Romansachais, tè air nach tàinig dìth bhon latha a rugadh i.

Tionndaidhidh Esan a chùl rinn agus bheir e sùil air a' Chaisteal dhuinn a-rithist agus air an staran a tha ruith suas chun a' Chaisteil bhon a' chidhe bheag air taobh eile an tuill a tha ri fhaicinn ann am balla a' Chaisteil air taobh a' bhaile, doras cloich le mullach cruinn, is chì Esan aig an aon àm 's a chì sinne boireannach òg air a deagh sgeadachadh anns an fhasan aig an àm a' tighinn a-steach air an doras chloich agus chì sinn an eathar bheag air taobh eile an dorais an-dràsd' fhèin a' tionndadh air falbh, fireannach innte ri putadh a' bhalla le ràmh is e dèanamh air ais a-null chun nan steapaichean a tha rim faicinn thall air beulaibh nam bùithtean air Sràid a' Chladaich, oir 's e sin a bheir sinn air an t-sràid sin as fhaisg' air an uisge mu choinneimh a' Chaisteil, am boireannach òg a-nise gu bhith aig doras mòr a' Chaisteil agus nuair a thèid sinn suas thuice faisg gus an ruig sinn mu dheireadh a h-aodann, chì sinn, nach fhaic, nach buin an tè seo dhan Chaisteal ann ach an dèidh sin tha fhios nach e searbhant a th' innte, chan eil ceum searbhant aice ach ceum earbsach is i dol a-steach chun a' Chaisteil air an doras aghaidh, dud tha tè a bhuineas dhan àite seo a' dèanamh ann an siud?

Innsidh Esan dhuinn agus e ri tionndadh thugainn aon uair eile, e na sheasamh shuas air Cnoc na Croich a' coimhead sìos air a' bhaile is air a' Chaisteal agus gu sònraichte air an tè sin fèir a' dol a-steach air doras mòr aghaidh a' Chaisteil, an dùil an robh fios aige gun tigeadh i an-dràsda, an dùil an ann a' feitheamh rithe a bha e na gheàrd os cionn a' bhaile a' dèanamh feallsanachd o nach eil an còrr aige ri dhèanamh

Esan ri bruidhinn rinn fhad 's tha sinn a' coimhead na chaidh roimhe, nach e sin aon rud a th' aig an sgannan air an leabhar, gu faod thu sealladh a bhith agad agus facail aig an aon àm, ged nach eil sin a' ràdh gu bheil duine san èisdeachd a' toirt feart sam bith air facal, co-dhiù, Esan ag innse dhuinn mu dheidhinn Cheit:

An leadaidh sin a tha sibh a' faicinn a' dol chun a' Chaisteil — oir feumaidh mi leadaidh a ràdh rithe a-nis, ged as ann bho teaghlach bochd air tuath an eilein a tha Ceit Flett — tha i o chionn beagan ùine air a bhith aig a' Chaisteal na maighdeann-cuideachaidh aig Miss Emily Percy — no Emmeline, mar a chanas iad — oir tha mòran obrach ceangailte ris a' Chaisteal aig Miss Percy ri dhèanamh on a dh'fhàs a' Chailleach aosd' agus tha Ceit ga cuideachadh agus aig an aon àm ri faotainn foghlam feumail ann an dòigh-beatha a' bheagan uaislean sin aig a bheil ùidh ann an litreachas, is feallsanachd, is ealain eile, mar a th' aig Miss Percy, a chuir ùine seachad san oilthigh ann an Sasainn, i measg nam beagan bhoireannach a fhuair sin fhathast.

'S e sgeul dhòrainneach tha seo, an sgeul aig Ceit Flett, nighean nach eil mòran ach ochd bliadhna deug is i nise air a fàgail na banntrach le naoidhean beag, an duine aice air a bhàthadh sa Chuan a Tuath trì mìosan às dèidh dhaibh pòsadh, ri fàgail Ceit bhochd na h-aonar ann am baile choigreach air a' Chost an Ear; nuair a smaoinicheas sinn air an t-suidheachadh aig Mrs Flett tha fhios gu fairich sinn am pian uabhasach doirbh ud a thig oirnn nuair a chì sinn obair Dhè is Esan a' dèiligeadh ri daoine bochda neo-chiontach na dhòigh dhìomhair Fhèin, nach urrainn sinne a thuigse.

Ceit a' dol a-steach dhan Chaisteal is chan ann tron doras cùil, i nise a' dèanamh air an Rùm Mòr Teiche, an e sin a chanadh tu ris, far a bheil Emmeline na suidhe aig deasg mhòr nach deach a dhèanamh idir le fear dhe na saoir aig a' Chaisteal, tha an deasg antique aig Miss Percy snasail agus cha b' e aon uair a bha Ceit ga shlìobadh, Emily a' dèiligeadh ri gnothaichean riaghlaidh eadar na leasanan aesthetic, mar a chanas i riutha, ged a tha Ceit a-nise ri tuigse gu bheil blas Gàidhealach ri chur air a' memoir a tha Miss Percy a' sgrìobhadh, gur e seo pàirt dhen ghnothaich, gu bheil aice ri rud a thilleadh son na h-ealain a tha Emmeline a' sparradh oirre, an dùil a bheil feum ann a bhith ag ionnsachadh mu dheidhinn cur-seachadan nan uaislean sin aig a bheil de mhaoin an t-saoghail seo is nach eil beachd idir aca dè tha ann a bhith tighinn beò sa bhochdainn, an dùil am bi na boireannaich aca a' faighinn clann?

Chan eil eilean anns a bheil caisteal cho brèagha is cho stàiteil sa tha Caisteal Phort Rònaigh, a Cheit, is e an caisteal seo fear dhe na taighean-còmhnaidh as àlainn a gheibhear ann am Breatainn, uill, ann an Albainn, is nach eil e iongantach san àite Tuath seo, gu bheil an gàrradh làn de thaighean-glainne, far am faigh sinn flùraichean dhe gach dath is gach àileadh agus measan milis nan tìrean teth, sin a sgrìobh mi sa mhadainn tràth, dùil 'am ris an t-Seumarlan, tha mi a' creidsinn gum bi e mach air eilthireachd, cus dhaoine ri còmhnaidh san eilean, canaidh tusa nach eil, is fheàrr dhutsa dèanamh cinnteach gun do dheisealaich a' chlann-nighean na rumannan-cadail fhad 's a bhios Mgr Rothach còmhla rium.

Fàgaidh sinn an Caisteal ach an toiseach son diog no dhà chì sinn Ceit a' dìreadh na staidhre fharsaing bhuig-chòmhdaichte, i stad son tiota 's a' tionndadh, sinn a' cluinntinn a' chlag aig an doras mhòr, an doras ga fhosgladh, an guth aig an Rothach a' ràdh gu bheil dùil aig Miss Percy ris, e tighinn a-steach dhan talla air cùl a' bhuidealair, e fhèin a' stad is a' coimhead suas air Ceit, na sùilean aige a' geur-amharc air an nighinn seo, Ceit a' toirt air daoine a thachras rithe a bhith coimhead oirre, na fir is na mnathan nan dòigh fhèin, nighean òg sheang le craiceann glann ann an aodach dubh le sùilean soilleir a' coimhead ort cho dìreach, gun tuigse agad dè tha i faireachdainn, fhios gu bheil mòran nach tuig, duine ach iadsan a bha thall 's a chunnaic na cuirp anns an tiùrr, gun beachd aca idir an-dràsda dè tha romhpa, cladach Thuilm na thiùrr dubh le daoine bàthte, na bonaidean cruinn a' seòladh a-steach às an dèidh, seo eadar sinn is Ceit son an tiota a sheallas sinn dha na sùilean domhainn aice, Ceit na seasamh air staidhre fharsaing bhog-chòmhdaichte a' Chaisteil o chionn 100 bliadhna.

Tha làn-thìde againn faicinn Oighrig, no Henny, mar a chanas muinntir an àite rithe, oir tha Ceit gu math eòlach oirre; ged a tha Gàidhlig aig Henny, is ann air Sràid a' Chidhe a chaidh a togail agus 's e còmhradh a' bhaile a bhios aice mar as trice; seòrsa de Bheurla is de dh'Albais, chanadh tu, ach le blas is ruith gu math Gàidhlig oirre agus le corra fhacal innte, gu dearbha le mòran de dh'fhacail anns a' chànan seo, a bhuineas dhan bhaile fhèin, a dh'èirich gu uachdar a' bhrot thiugh bhlasd' a rinn muinntir Phort Rònaigh dhe na cànanan a thàinig nan lùib tro na linntean. Ah'm away down the hoyle for skeds an mogs, gie's a meek, canaidh Iain Gòrach a mac ri Henny is e falbh a-mach sa mhadainn, an latha aige dha fhèin, duine mòr tapaidh ri siubhal gu dòigheil air a cheann fhèin, gun comas obair aige, mura h-eil e shìos air a' chidhe aig àm an sgadain nach eil e ri lorg còmhla ris na saoir-luinge ann an gàrradh nan soitheach a-muigh aig an Eilean, rolla mòr a' bhuinn-a-sia eadar dòrn is beul.

Air no aig tiodhlaiceadh, ùidh nach gabh a thuigse aig Iain Gòrach ann a bhith leantainn thiodhlaicean.

Chan eil fhios nach fhaic sinn Henny (chan e an t-ainm Gàidhlig a bhios oirre tuilleadh, oir 's e Henny a th' agad san sgriobt), chan eil fhios nach fhaic sinn Henny a' nochdadh aig ceann a' chlobhsa far a bheil i còmhnaidh, fhios gu faic sinn i na seasamh an sin, i coimhead às dèidh Iain Ghòraich is esan a' dèanamh air bùth a' bhèiceir son an rolla, fhios gu faic sinn ise aig ceann a' chlobhsa air Sràid a' Chidhe agus gun cluinn sinn rud beag dhen sgeul aig Henny bhochd tro faclan a thig à beul Mister Ess (mar a tha e air ainmeachadh anns an sgriobt) is esan ag innse dhuinn mar a thachair do Henny o chionn fichead bliadhna is còrr: Nach do sheòl an duine aice (chan eil fhios an-diugh gu dè an t-ainm a bh' air, fhios gu bheil fhios aig Henny), nach do sheòl an duine aig Henny air tè dhe na bàtaichean-siùil a chaidh a thogail ann am Port Rònaigh, sgunair àlainn le cruinn àrda is mo rìbhinn nam bàrr, mar a thuirt am bàrd, sheòl e còmhla ris na balaich agus an sgiobair à Port Rònaigh, sheòl iad air bhòids fad astar agus nuair a thill an sgunair àlainn, am fiodh brèagha aice air sgreidheadh, chrom na balaich loisgte chun a' chidhe, air home port a dhèanamh mu dheireadh thall, Henny shìos a' feitheamh ris, cha tàinig e sìos an t-àradh ròpa: Càit a bheil e, am faca sibh e, an e a bhàthadh ... O chaidh e air tìr ann am port fad' air falbh, àiteigin eadar Astràilia is Ameireagaidh agus cha do thill e tuilleadh air bòrd, na boireannaich dhonn is dòcha ...

Henny agad na banntrach, banntrach-mara chanadh tu coltach ri Ceit fhèin ann an dòigh, o chionn fichead bliadhna agus chan eil boireannach ri lorg coltach rithe nuair thig e chun a' chutaidh, is dè an t-iongnadh tha sin?

Mister Ess a' toirt sùil is a' ràdh: Abair breislich nuair a thig an sgadan, chì sinn na baraillean ùra geala mu thràth nan seasamh mar saighdearan lomnochd air a' chidhe, an dùil a bheil Ceit a' coimhead orra a-mach air uinneagan àrda a' Chaisteil is i smaoineachadh air na thachair rithe bhon àm sa an-uiridh, ag iarraidh air ais?

Ach nach eil a thìde againn fiosrachadh fhaotainn air Madame Kupper, am boireannach foghainteach sin a tha dol a thighinn a-steach do Phort Rònaigh a dh'aithghearr air tòir an sgadain as fheàrr, ga coimhead an-dràsda fhèin thall am Petersburg, seadh, an t-àite a bha son greis air ainmeachadh Leningrad, chaidh an t-ainm sin a thoirt air nuair a bha Madame Kupper na seann aois, ach fhathast chan eil guth air Lenin, tha Madame Kupper trang san oifis spaideil ann am Petersburg, trang a' freagairt òrdughan-teàrnaidh son sgadan a tha fhathast a' reamhrachadh eadar Faroe is Greenland, is a' faotainn òrdughan-banca a-steach bho gach ceàrnaidh de Ruisia: Agus cuimhnich, chan eil mise ri dèiligeadh ach anns an sgadan as milis a tha tighinn à Alba, sgadan samhraidh Phort Rònaigh, matjes, chan urrainn dhomh bhith cinnteach am bu chòir fòn a bhith aig Madame Kupper san oifis, is dòcha nach còir sin a bhith aice no teileagraf nas motha ach pàipear snasail le h-ainm air a bhàrr ann an litrichean òir, is pinn nan seasamh ann am botail spaideil Sìona anns a bheil an inc as fheàrr — inc purpaidh, chanainn fhìn — a fhreagras air tè cho soifiostaiceach is gu bheil i smocadh siogars bheaga Dhuitseach, ged nach robh briogais a-riamh oirre, streap ri gàrradh bharaillean air cidhe Phort Rònaigh ann no às, is i an-dràsda fhèin ri cur sgrìobag phurpaidh gu Henny ann am Port Rònaigh gus an cuir ise criuthachan air dòigh son cutadh an t-samhraidh: Agus feuch am faigh thu Ceit gad chuideachadh, i cho math air a gnothaich ged a tha i cho òg, bu mhòr am beud gun do phòs i riamh.

Duine eile ann am Port Rònaigh, a cheart cho cudromach ri Henny, a dh'fheumas Madame Kupper sgrìobhadh thuige agus cur thuige òrdan-banca cuideachd, rud nach fhaigh Henny, is 's e sin am bancair, gus am bi airgead ann a phàigheas airson baraillean is airson salainn agus clann-nighean is cùbairean agus math dh'fhaodte, cùmhnant a dhèanamh ris na sgiobairean a tha dol a ghlacadh an sgadain a tha dùil aig Madame Kupper a chiùradh is a chur a-null do Ruisia as t-fhoghar agus ma thèid an seusan leatha, is dòcha gun gabh i fhèin splaoid a-null a Pharis son mìos no dhà, an Seine an-dràsda fhèin air cùl a sùilean is i cur air dòigh an òrdain a bhios air bòrd a bhancair ann am Port Rònaigh ann am beagan làithean; chan eil ainm againn son a' bhancair seo, dè fo ghrian an t-ainm a th' air, cò às a thàinig e, fhios nach ann san àite seo a tha e, fear a thàinig a-steach an cois ciùrair air choreigin o chionn bhliadhnaichean, is a tha air e fhèin obrachadh suas gu bhith os cionn a' bhanca, far nach eil mòran aige ri dhèanamh a-mach air airgeadas a' Chaisteil ach a bhith na mhàl son trì mìosan an t-samhraidh nuair a tha, saoilidh esan, am baile dol bun-os-cionn, na mìltean de choigrich tighinn às gach ceàrnaidh, iad uile mar cearraichean a' cur chrann air òr an sgadain, na làmhan agam a' dubhachadh leis na tha de chuinneadh a' dol tromhpa; nach can sinn MacMhathain ris, gnìomhachas eile an urra ri Mgr MacMhathain, is e sin a bhith coimhead às dèidh airgid a chaidh a thogail airson nan teaglaichean acasan a chaidh às an rathad aig muir, seo ri dhèanamh soilleir an-dràsda is Ceit air a fàgail na banntrach òg le naoidhean, an t-ainm aice aig MacMhathain son cobhair a dhèanamh orra — ach nach eil Ceit a' dol a dhiùltadh airgead a' Widows Fund.

Ach càite na dh'fhàg thu an t-entrepreneur, cha robh Port Rònaigh a-riamh gun entrepreneur, fear às dèidh fir ag èirigh gu bàrr a' chnuic son ùine fhèin ('s e fir a th' annt' an còmhnaidh, nach iad a chuireadh an umhail air Madame Kupper), fear às dèidh fir a nochdadh airson ùine, bliadhna no deich bliadhna, càch ga ruith, cuideigin ann an còmhnaidh a tha son a leagail bhon àirde chun an do shaothraich e, esan trang a' sealltainn dhan t-saoghal cho math 's a rinn e, le coids mhòr no càr agus gu sònraichte, le taigh mòr shuas os cionn a' bhaile, an cuala sibh na chosg an taigh ud, na h-uinneagan dathte, an staidhre, na tapaichean òir sa bhathroom, na leapannan agus am pàipear air a' bhalla a thàinig dhachaigh, farmad ag èirigh gu seachd àraid nam measg-san nach do rinn càil a-riamh nam beatha, chan e obair is maoin a thoirt dha na ceudan sa bhaile, san eilean, mar a rinn an t-entrepreneur, an cuala sibh gun deach an gnothaich na aghaidh, nach math an airidh, feareigin eile tòrr nas fheàrr na e a-nise a' gabhail gnothaich os làimh, fhios nach robh siud dol a sheasamh, fhios aig daoine bhon lath' a thòisich e nach maireadh an obair ud san àite tha seo, fhios gun tigeadh cuideigin a-steach a dhèanadh an gnothaich air, a chuireadh ri uair a' bhaile e, carson tha esan a' feuchainn ri duine mòr a dhèanamh dheth fhèin co-dhiù, bheireadh e Ameireagaidh no Glaschu air mas e sin an obair aige, cha bhi am balach sin, am fear a thòisich às ùr, fada sealltainn dha ciamar a dhèanas tu airgead, nach tuirt mi riut nach biodh e ann ach ùine ghoirid, duine a chaidh a thogail gun tòin na bhriogais, cò tha esan a' smaoineachadh a th' ann, is math an airidh gun deach e sìos, gun d'fhuair e mach nach e seo baile a mhaireas.

'S e ainm an entrepreneur a th' ann am Port Rònaigh a' bhliadhna tha sinn ri filmeadh, 's e ainm an duine sin MacAilein, agus gu dè th' aige, chan eil ach aon rud as urrainn do dh'entrepreneur a bhith 'n sàs ann sa bhliadhna 1900, agus 's e sin ciùraigeadh an sgadain, ach ciùraigeadh ann an dòigh ùr aig MacAilein, mar a chluineas sinn nuair a thèid sinn còmhla ris chun a' bhancair a dh'iarraidh an iasaid airgid a tha dhìth son matjes Phort Rònaigh a chur a-null a dh'Ameireagaidh, far a bheil na milleanan a-nise air nochdadh às an Roinn-Eòrpa, na milleannan mòr à taobh an Ear na Roinn-Eòrpa agus Ruisia, Iùdhaich agus Slavs a chaidh a gheamhrachadh nan òige air sgadan a tha tighinn à Ulapul agus a thàinig à Port Rònaigh, iad fhathast dèidheil orra, ach a-nise, mar Ameireaganaich, mar tha còir aig Ameireaganaich math a bhith, chan ith iad ach an sgadan saillte as fheàrr a tha ri fhaighinn anns an t-saoghal agus gu dè tha sin, a bhalaich, nach eil Portrona Large Selected, Full Gutted, oir tha iad a-nise ag iarraidh gun tèid am mionach gu lèir a thoirt asta, agus cò tha dol a thoirt dhaibh an rud a tha iad a' miannachadh, son nan dolairean uaine a tha iad a' dèanamh thall san t-saoghal shaor ùr sa bheil iad a-nis, nach eil do nàbaidh, MacAilein, entrepreneur Phort Rònaigh sa bhliadhna 1900, agus mo bheannachd air a' chove, ged a dh'fheumas tu do shùil a chumail air, bheir e gàire ort mar a thèid e sàs ann an rud, e cho carach is gun eagal aige ro dhuine.

Emmeline a' sgrìobhadh aig bòrd beag iarainn san taigh-glainne, am measg an duillich is nam measan neònach cèin, cuartaichte le teas is taiseachd, i an-dràsda a' coimhead Zulu a' cromadh air tac am beul a' bhàigh (na h-iasgàirean ag ullachadh son an t-seusain): O cho toilichte 's a tha clann-nighean an sgadain! Iad an còmhnaidh cho dìcheallach son cuideachadh an t-srainnseir, iad a' dèanamh mar as fheàrr as urrainn dhaibh ann an suidheachadh nach eil furasta. Emily a' togail a sùil a-rithist agus a' smaoineachadh air Ceit: Tha iad innleachdach! Innsidh iad rud dhut le bhith a' faighneachd cheistean agus foghlamaidh iad rud bhuat gun do cheasnachadh idir. An dùil an cuir i siud air pàipear, Emmeline cho romansach ach Emily cho pungail.

I togail a sùil a-rithist is a' faicinn boireannach na seasamh air a' chidhe air taobh eile beul na h-aibhne mu choinneamh a' chaisteil, gun carachadh, an t-aodann aice daonnan ri coimhead a-nall air a' chaisteal, cha mhòr nach can Emily gur ann oirre fhèin a tha na sùilean aice, i mar tè a chitheadh tu ann an dealbh a thogadh cuideigin le camara, Crofter's Wife, Outer Hebrides, Emily a' cur a làimh dhan bhaga aig a casan, a' toirt a-mach glainneachan is gan cuir ri sùilean, opera glasses a' bhaile mhòir, tha Emmeline dèidheil air an taigh-cluich, i an-dràsda a' cluinntinn brag bròige beag air leac-dorais a' chaisteil, an uair sin buille cois cabhagach air grabhal, cuideigin nan ruith, aithnichidh tu gur e cas-cheum nighinn a th' ann, cho aotrom is cho luath, Ceit a' nochdadh a-nise aig a' gheata anns a' bhalla mu choinneimh na mnatha, iad a' smèideadh ri chèile, fear a' bhàta a' putadh an eathair bhig a-mach is a' tighinn a-nall a dh'iarraidh Ceit gus an tèid i bhruidhinn ri bean a' chroiteir, agus buailidh e air Emmeline cò th' innte, a' mhuime a tha a' togail an naoidhein aig Ceit, ged nach foghlam sinne sin gus am faic sinn faisg Ceit agus Màiri, bean Mhurchaidh, is gun cluinn sinn dè tha Màiri ag ràdh: Dh'fhalbh Murchadh dhan Bhruaich a-raoir is chan eil pioc min air fhàgail a-staigh: Ceit a' cur sobhran na làimh: A bheil mo ghràdh gu math is a bheil thu a' dèanamh bainne dha?

Gun fhiosd do Mhurchadh MacDhòmhnaill a dh'fhalbh a-raoir chun an iasgaich is a dh'fhàg Màiri leatha fhèin leis an naoidhean aig Ceit (iad air an leanabh aca fhèin a thiodhlaiceadh o chionn mìos), Màiri air a fàgail anns a' bhothan a thog Murchadh gun chead bhon chaisteal air lot athar: Shuas anns an Taigh Chuirt bhrèagha os cionn a' bhaile, tha Clàrc an t-Siorraim a' cur peann ri pàipear tiugh fada geal, am botal inc ri thaobh, an teanga aige ruith air a bhilean fhad 's tha e cnuasachadh is a' cur sìos nam faclan lideachail, làn toinneimh, a thàinig às an Laideann chun na Beurla sin a bhios fhathast aig na fir-lagha son daoine bochd a mhealladh ach a tha an-dràsda fhèin a' ciallachadh, cho fad 's a bhuineas seo do Mhurchadh MacDhòmhnaill, gu feum esan leagail am bothan a thog e do Mhàiri agus toirt air falbh all building materials collected and laid down, chan innis siud dhuinn mu dheidhinn a' mhuil agus na gainmhich a thàinig suas às a' chladach air druim Mhàiri ach tha Clàrc an t-Siorraim dall dha na nithean sin, e sgrìobhadh within forty-eight hours to pull down and demolish, agus cò tha maoidheadh air Murchadh, nach eil a' Chailleach, an Dame dha bheil Miss Percy ag obair, a thug Ceit a-steach còmhla rithe, a tha coimhead às dèidh riaghladh na h-Oighreachd, a' toirt òrdan na Dame dhan t-Seumarlan a nochd anns a' Chùirt airson gu faighte cead bhon t-Siorram am pàipear peanais a chur air bhonn, oir cha dèan duine nì gun am pìos pàipeir ceart, as craved, with certification, Inv. ad ultra.

Ceit a' tilleadh san eathar bhig is a' dìreadh chun a' chaisteil, Emmeline a' tighinn a-mach às an taigh-glainne is a' dol na coinneimh: An e muime an leanaibh a bha siud, a Cheit, Ceit a' gnogadh a cinn, carson nach eil i son càil a ràdh rium, is fhios aice cho dèidheil 's a tha mi air clann, gur mise, Emmeline, a thug a-steach dhan Chaisteal i sa chiad àite, i tighinn a bhruidhinn rium a dh'aon ghnothaich an latha a chaidh mo chur suas gu Sgoil na Leadaidhs, cuideigin air innse dhi mar a thachair dhomh, mi air m' fhàgail nam aonar is dùil 'am ri duine beag, an duine bochd agam bàthte, mo ghràdh, chan fhac' e riamh thu, a bheil daoine ri gabhail iongantas gu bheil mi 'n seo, is mo leanaban ga thogail aig tèile, is cinnteach gu bheil iad a' ràdh nach eil bainne agam, Emmeline a' bruidhinn a-rithist an-dràsda (change the subject): Seo mar a sgrìobh mi: Is e boireannaich brèagha nàdarrach a tha rim faicinn am Port Rònaigh is a-muigh air an àirigh chì duine clann-nighean coltach riuthasan air promenade ann an Castile, far a bheil na mnathan ainmeil son cho eireachdail 's a tha iad, is ann a tha sibh toirt nam chuimhne, a Cheit, na boireannaich a bhiodh Murillo ri peantadh, am fac' thu 'n dealbh aige air balla staidhre, A' Mhaighdeann is an Leanabh? Chunnaic agus dh'fhairich, mi stad gach latha ga choimhead, cho furasta 's a tha e dhìse.

Ach dè tuilleadh tha Emily dol a dhèanamh na cuid ana-miann aineolach air muinntir an eilein, nach eil an Seumarlan às a dèidh son gun tèid an t-airgead a dh'fhàg am bodach son eilthireachd a thoirt às a' bhanca son gum pàigh e na faraidhean aig an sguadaran a tha esan airson a ruagadh thar a' chuain, agus e fhèin is an t-entrepreneur air obrachadh a-mach cho math, is cho feumail, 's a bhiodh e nan tigeadh bàta-smùid le fear a bha e eòlach air à Liverpool do Phort Rònaigh a lodaigeadh eilthirich — nach fhaodadh i aig an aon àm lodaigeadh le mìle baraill Portrona Matjes son New York, far a bheil ùidh mhòr orra am measg nan eilthirich Eòrpach, agus nach biodh e furast' gu leòr do dh'eilthirich an eilein trèana a ghabhail à New York suas a Chanada far am faigheadh iad bith-beò ag obair do thuathanaich a tha toirt a-steach talamh coille is nach fhaigh daoine aca fhèin a nì an obair is i cho cruaidh, agus cò fear a th' air bàrr an liost' aig an t-seumarlan — nach eil Murchadh MacDhòmhnaill, a dh'fhàg a bhean ag altram Iain beag aig Ceit, agus MacAilein às dèidh Henny son gu faigh ise criuthaichean math airson sgoltadh slàn a dhèanamh air an sgadan aige nuair a thig e ged a tha Madame Kupper às a dèidh son forewoman; Ceit fhèin a' teabachadh tilleadh chun a' chutaidh, gun fhios aice ceart carson, ach gu bheil i air tòiseachadh a' faireachdainn mi-chofhurtail còmhla ri Emmeline, gu bheil a' bhan-Shasannach, còir is mar a tha i, tighinn ro fhaisge oirre.

Chan eil na h-ealain a' cur dragh air duine ann am Port Rònaigh mura h-eil Mister Ess a' cnuasachadh air a' chuspair (gun an còrr aige ri dhèanamh), cnuasachadh nach eil e leigeil innse do dhuine, aige ach dear diary air a shon, cò tha dol a dh'èisdeachd ris, a dh'aindeoin sin, tha e sgrìobhadh: Nuair a gheibh Port Rònaigh bàrd dha fhèin, cuiridh am fear air neo an tè sin anam an àite air beulaibh dhaoine ann an seagh coltach riuthasan a tha còmhnaidh ann, ged nach aithnichear iad, is ged tha dùil 'am gun tachair seo uaireigin, chan eil mi mar sin a' ràdh gu bheil Port Rònaigh nas fheàrr no nas miosa na àite sam bith eile, oir tha bàrdachd is dràma ri lorg ann am beatha nan daoine ge bith càite an tèid thu, agus tha e cinnteach gum bi miann am measg an t-sluaigh airson a leithid a sgeul, oir bidh an eachraidh aca fhèin mar sgàthan dhaibh agus tha feum againn uile gu faic sinn ar faileas an-dràsda 's a-rithist a' coimhead oirnn fhad 's a tha sinn a' siubhal tron Fhàsach seo.

An t-Aithrisear againn a' dol cuairt air an t-seann bhaile, mar a bha e, suas is sìos na sràidean cumhang len clobhsaichean dorcha, a' stad son mionaid aig na bùithtean beaga son gu faic sinn a-steach air an uinneig, an guth aige air an soundtrack: Chan eil na ceannaichean ann am Port Rònaigh a' dèanamh sgaradh sam bith eadar bathar cruaidh agus bathar bog, tha fhios aca glè mhath nach eil annt' ach gnothaichean airson an reic, carson nach biodh a h-uile nì tha feumail ri fhaotainn anns an aon bhùth; tarragan is ìm; parabhain is briosgaidean; clò Bucach is trèicil; bonaidean is caise; brògan is buntàta; agus na seann chàirdean sin a tha dol cho math le chèile: teatha agus tombaca. Gheibh thu iomadh rud ri cheannach agus cluinnidh tu rud as fhiach innse a-rithist, oir tha naidheachdan gam foillseachadh ann am bùithtean a' bhaile. Tha daoine ghan tadhal airson tuilleadh is ceannach is iad deònach an cuid smaointean a thoirt thairis leis an iomlaid. Chan e droch rud tha seo, chan eil sinn idir cho dripeil is nach eil tìde againn smaoineachadh; ann an seada a' chùbair cluinnidh tu deasbad mhath agus sgeulachd inntinneach; bheir an tàillear dhut a bheachd air gnothaich an latha; agus tha mòran aig a' ghreusaiche ri ràdh air an t-saoghal tha seo agus an saoghal a tha ri teachd, is e bualadh bròg le òrd.

Cue againn an siud son a dhol a-steach do bhùth a' ghreusaiche, son gu faic sinn Ceit aig a' chuntar a' cur sìos bonn agus a' togail paidhir bhrògan àrda (brògan a' chutaidh), i fhèin is Mister Ess a' dèanamh fiamh ghàire ri chèile, facal no dhà eatarra, esan a' faighneachd mu dheidhinn a' chaisteil, nuair a dh'fhalbhas i mach, e tionndadh chun a' ghreusaiche: Is cinnteach nach ann a' dol a thilleadh chun an sgadain a tha i, co-dhiù? Is beag m' fhios, nach robh mi diùltadh càil a ghabhail, ach cha b' e an taing a b' fheàrr a fhuair mi.

Sinn an-dràsda a' faicinn, tro shùilean Mister Ess, am Bìoball trom na laighe am measg nan òrd, na minidhean, na snàthadan, na tarragan, an t-sreang, an ròsaid agus na leacan lùbach cruaidh leathair, na h-oirean aca ri tionndadh suas mar a tha an còmhdach bog chamois a chaidh a chur air a' Bhìoball, gleans às an taobh a-muigh, na duilleagan a-staigh air an caitheamh aig corrag a' ghreusaiche, gu sònraichte anns an t-Seann Tiomnadh, an Leabhar a' fuasgladh is a' fàs nas motha is nas motha gu ruig sinn BCU, sgian chrom a-nise ri ceann-teagaisg air a bheil feum son cur crìoch air connspaid an latha roimhe, a tha Mister Ess air dìochuimhneachadh gus an tèid a chur na chuimhne fhad 's a tha e a' toirt a' chreids gu bheil e a' cunntadh nam paidhrichean bhrògan air na sgeilpichean, leth-bhonn is sàil is bonn slàn.

Nach iongantach cho math 's a tha an leathar air fulang buille an ùird, ars Esan ris fhèin (chan urrainn dhuinn seo fhaicinn air sgàilean no a chluinntinn nas motha ach chì sinn e an seo sgrìobhte): Nach iongantach cho math 's a tha an leathar air fulang buille an ùird.

Ged a chuireadh tu air film òrd a' bualadh air pìos righinn leathair leth-òirleach a thiughad, leth-bhonn làidir son bròg mhòr, an t-òrd a' bualadh 's a' bualadh, a' fàgail tulgan beaga bìodach an siud 's an seo is iad a' falbh 's a' tighinn, agus ged a chitheadh tu aodann a' ghreusaiche is na sùilean aige a' geur-amharc eadar làmh is òrd is leth-bhonn, chan fhairich thu idir na dh'fhairicheas tu nuair a chì thu na facail sgrìobhte: Nach iongantach cho math 's a tha an leathar air fulang buille an ùird!

Mister Ess a-nise a' gabhail Sràid a' Chidhe, a' dèanamh air a' chàrn bharaillean ùra is e faicinn cuideigin nam measg, fhios gur e Ceit a th' ann, na brògan mòra aice gan altram fhad 's a tha i coimhead air cùbair a' slacadaich air cinn is cearcaill, Henny an-dràsda a' tighinn a-mach às a' chlobhsa le beannachd an latha, muinntir a' bhaile eòlach airsan a tha falbh nam measg na choilear geal, càil aige ri dhèanamh ach an leabhar a tha dol ghan cur-san air pàipear gus am mair iad beò gu bràth, e faighneachd: An e Ceit Flett tha sin na suidhe air baraill (fhios aige gur e, cò eile bhiodh ann), a bheil Ceit dol a thilleadh chun an sgadain? Henny a' freagairt: Chan eil fhios aig duine dè tha Ceit an dùil a dhèanamh, ach ma tha i cho daft is a dhol a dh'fhàgail a' chaisteil son a' chutaidh, bidh Ceit os cionn criutha agamsa dhan a' chailleach Ruiseanach.

Iain Gòrach, a mac, e nise a' nochdadh leis an amhran a rinn e fhèin, Amhran na Spaid, an spaid sin a tha esan a' faicinn ri dèanamh toll son cuid de dhaoine a chur fodha, gun fhios aige carson tha seo ri tachairt, ach fhios is cinnt aig Iain còir gur e rud cudromach tha seo, rud tha feum a chnuasachadh, rud nach bruidhinn duine ris mu dheidhinn, a' dèanamh gàire no gruaim nuair a thig esan leis an amhran, Amhran na Spaid, cluinnidh sinn a-rithist e ga sheinn, nuair a thig e tarsainn na mòintich leis an leanabh anns a' chreathall, is dòcha, an leanabh aig Ceit, ma thèid am bothan aig Murchadh MacDhòmhnaill a chur gu làr le òrdugh an t-seumarlain, òrdugh Miss Percy, òrdugh Cailleach a' Chaisteil aig a' cheann thall: O Iain, a ghràidh, nach èisd thu, nach bi thu sàmhach?

Fhios gu bheil còir aig na balaich sa ghàrradh-shoithichean spaid shnasail chrome a dhèanamh dha, no gun lorg cuideigin spaid airgid a bh' aig duine uasal uaireigin a' cur craoibh air cùl a' chaisteil is gu faigh Iain grèim oirre, e spaidsearachd leis an spaid spaideil air a ghualainn, nuair a thig e air gu bheil còir aige Amhran na Spaid a ghabhail, tiodhlaiceadh eile.

Gu dè as cudromaiche, na tha dol a thachairt (is a tha tachairt is a thachair mu tràth) do Cheit, no dè tha daoine san àite air fad a' faireachdainn is a' fulang, an dèan Ceit samhla do chàch, is cinnteach nach dèan, càit an urrainn do dh'aon duine fulang na tha ri fhulang, ach 's e na thachras dhan duine air a bheil sinn eòlach, 's e fulang an duine tha faisg oirnn a tha sinne dol a dh'fhaireachdainn, nach ann mar sin tha sinn nar beatha anns an t-saoghal, nach e na dh'fhuilingeas sinn fhìn is iadsan a bhuineas dhuinn a dhrùidheas oirnn, chan e an rud tha tachairt do chàch, na cailleachan Kurdach cho coltach ris na cailleachan againn fhìn, mar tha am bàrd ag ràdh, ach am fulangas aca, iad reòthte is acrach air sitig geamhraidh fèir mar do shinnsireachd, chan eil sinne a' faireachdainn sin cho mòr 's a tha sinn a' faireachdainn am fulangais-san anns na leansgeòil air an telebhisean, tha sinn eòlach orrasan, saoilidh sinn gu bheil iadsan anns na siabainn nas fhaisg oirnn na ar càirdean is sinn a' coinneachadh riutha gach oidhche, agus seach gu bheil sinn air eòlas math fhaighinn orra, tha sinn làn faireachdainn dhaibh, daoine nach eil idir ann!

Mura fairich sinn gu bheil Ceit faisg oirnn, mura cuir sinn eòlas blàth oirre, cha bhi truas againn rithe.

Ma tha Ceit gu bhith 'm meadhan gach gnothaich, carson a bhios feum air Mister Ess ag innse dhuinn an sgeula, nach dèan e an gnothaich sinn faicinn Ceit ann an teis-meadhan dhaoine agus na suidhichidhean sin anns am faic sinn i, anns an cuir sinn i, son an sgannan againn a thoirt bho thoiseach gu crìch gun sinn a' fàgail idir, aig uair sam bith, an starain sin, an rathad air a bheil ise ri siubhal gun an sgeul a rinn sin a dhèanamh soilleir?

Ach fuirich, mura dèan sinn ach innse an sgeul aig Ceit bho bàrr gu bun ann an seagh film-sgeul, cha bhi againn ach na gnothaichean sinn a bhuineas dhan aon sgeul a' ruith bho thoiseach gu deireadh, chan fhaod sinn gabhail taobh seach taobh dhen rathad is mar sin, is ann tana a bhios an sgeul is sinn air fàgail mòran a bhuineas do Cheit is do Phort Rònaigh is dhan eilean air aon taobh, rud nach eil sinn son a dhèanamh is mar sin, thèid Mister Ess fhàgail ann agus gu leòr aige ri innse dhuinn anns an dol seachad (fhios nach eil Ceit dol ga innse dhuinn), fhios nach fhairich sinn cuideachd gu bheil ùidh aigesan ann an Ceit, gu bheil e faireachdainn tuilleadh 's a' chòrr air truas rithe, e ga samhlachadh ri Maighdeann ged as e an eaglais eile a thug dha a chuid foghlaim, ged a chanadh e ris fhèin gum bu chòir do Cheit pòsadh Dòmhnall an t-iasgair (mas e is gu bheil Ceit airson pòsadh idir), Dòmhnall sin air a bheil i eòlach, a bha còmhla ris a' chlann-nighean sa Bhruaich an-uiridh air bàta Bucach, e nise le bàta dha fhèin, a bheil e an-dràsda fhèin ag ullachadh son an t-seusain shìos foidhpe sa chidhe, is ise na suidhe air baraill a' coimhead a-null chun a' Chaisteil, na brògan mòra thàinig bhon ghreusaiche, brògan mòra na bliadhna an-uiridh, na h-uchd?

A bheil Mister Ess agus Henny a' gabhail gu Ceit, ga faicinn ri seasamh is a' dol gu oir a' chidhe, i coimhead sìos air iasgair air bàta Zulu, e air deic a' cuibhligeadh 's a' cuibhligeadh nan ròpan ùra a thug e à bùth Theàrlaich an latha sin fhèin, a' deisealachadh son an iasgaich, na lìn air an ùr chartadh crochte ris a' chrann a tha na laighe air uilinn air an deic, cho fada, cho tiugh, cho trom, nach eil fhios aig duine nach eil eòlach ciamar bho ghrèin a thathas ga chur suas, ciamar a tha an seòl a' dol ris, na th' ann de ròpan a' dol a h-uile taobh, Dòmhnall Dòmhnallach, brathair Mhurchaidh an duine aig Màiri a tha a' beathachadh an leanaibh aig Ceit; ciamar as urrainn dhut na tha sin de dh'fhiosrachadh a thoirt seachad gun còmhradh fada is mì-nàdarra eadar Ceit is Mister Ess is Henny, oir ged tha Henny math air innse rud, chan eil i idir dol a dh'innse a h-uile nì, gu h-àraid mu dheidhinn Cheit air a bheil ùidh aice mar a bhiodh aice ann an nighean leatha fhèin, oir cha d'fhuair Henny sin, mar tha fhios againn, gun aice ach Iain Daft, agus gu dearbha fhèin chan eil Ceit dol a dh'innse gach nì a dh'fheumas fios a bhith againn air, oir tha Ceit mar gu leòr de chlann-nighean nan eilean, iad ainmeil air a shon, mar a chanas na Reports mun deidhinn, gu bheil iad cho làidir, cho deònach, and their reticence, their dignity, gu dearbha chan eil Ceit dol a dh'innse dhut na tha na cridhe, nach math gu bheil leithid Mister Ess againn?

Is chan fhairich thu fàileadh na cairt ann am film nas motha, cho math 's a dh'fhairicheas tu e nuair a leughas tu mu dheidhinn na lìon donn tais crochte ris a' chrann, seadh, mura can Henny: Fairich fàileadh na cairt!

Is dòcha gur e seo an t-àite, grunnan dhe na caractars nan seasamh air cidhe Phort Rònaigh, seòl donn an siud 's an seo a' nochdadh os cionn a' chidhe, an caisteal leis na turraidean thall am measg nan craobhan, is dòcha gur ann a-steach dhn t-sealladh shèimh seo a thig Iain Gòrach, suas an cidhe, e gus an rolla ithe, e nise ri suathadh a bhois ri bhus, a' coimhead air an tableau a rinn sinn air bàrr a' chidhe, is a' togail an òrain aige fhèin dhaibh:

The Spade one day
Thee low will lay,
The sod 'twill break,
Thy grave 'twill make.

A' Spaid, a' Spaid!
Hoh, hoh! A' Spaid!

An guth àrd cruaidh aig Iain Daft ag èirigh os cionn nan guthan aig na daoine eile air a' chidhe, iadsan a' stad a bhruidhinn, a' togail an cinn, ag èisdeachd nan dòigh fhèin ris an Oran Mhòr aig Iain Gòrach, sinn a' ruith bho aodann gu aodann leis a' chamara, gach duine, gach caractar, a' cur fiamh air gach bathais, a rèir mar a tha iad gam faireachdainn fhèin agus a rèir mar a tha iad a' smaoineachadh a tha còir aca a bhith faireachdainn agus a rèir mar a tha iad a' saoilsinn a tha thusa, am Fear-Stiùiridh, ag iarraidh iad nochdadh air an aghaidh gu dè an dòigh anns am bu chòir dha na caractars aca frith-ghluasad ri guth Iain Ghòraich, na faclan sin a tha esan a' tilgeil chun nan speuran shìos air cidhe Phort Rònaigh sa bhliadhna 2000: the Spade one day thee low will lay, the sod 'twill break, thy grave 'twill make —

A' Spaid, a' Spaid, Hoh, hoh, A' Spaid!

Agus ann an 1900 mar an ceudna.

Nach còir an t-Oran Mòr aig Iain Còir a bhith anns a' Ghàidhlig?

An stad an camara air aodann Cheit son diogan nas fhaide, an till sinn thuice is sinn a' cluinntinn òran Iain, a' seinn air a' bhàs, am faic sinn Mister Ess a' coimhead oirre, a bheil am fear a tha shìos air an deic a' sgur a chuibhligeadh, an cuir Henny bacadh air òrain a mic, an èisd esan rithe, a bheil an dara sealladh aig Iain, no bheil an t-ainm sin aige (oir 's e an aon rud a th' ann), am bi dùil acasan a chuala an t-òran a-nise ri bàs, naidheachd bàis, bàs faisg orra fhèin, ro fhaisg air cuid aca, a bheil Mister Ess am ministear maide ri creidsinn anns an dara sealladh, a bheil Ceit, an innis i an rud tha tachairt do dh'Emily, a tha cho dèidheil air cluinntinn mu dheidhinn cultar an àite is ro dheònach, is dòcha, air creidsinn rud neònach sam bith a thèid a ràdh rithe, nach deach i mach chun nan àirighean a dh'fhaicinn nan clann-nighean bhòidheach a tha a' cur seachad an t-samhraidh an sin, cò riamh a chuala a leithid, leadaidh a-muigh air an àirigh, na stocainnean sìoda aice làn puill.

Iain a' stad air beulaibh Cheit is a' toirt dheth a bhonaid, bonaid bileach a fhuair e air cùl taigh-seinnse tràth sa mhadainn, Iain sa mhionaid ri tuiteam gu làr, a' breabail air a' chidhe le guth àrd, beathach air a leòn, Henny a' tighinn na ruith is a' roiligeadh oir na plaide is ga stobadh eadar na fiaclan aige: Bidh e ceart gu leòr ann am mionaid, Iain, a ghràidh, nach èisd thu ri do mhàthair.